表御番医師診療禄4

悪血

上田秀人

角川文庫
18704

目次

主要登場人物

●矢切良衛《やきりりようえい》　江戸城中での診療にあたる表御番医師。今大路家の弥須子と婚姻。息子の一弥を儲ける。

●弥須子《やすこ》　良衛の妻。幕府典薬頭である今大路家の娘。

●伊田美絵《いだみえ》　御家人伊田七蔵の妻。七蔵亡き後、良衛が独り身を気にかけている。

●松平対馬守《まつだいらつしまのかみ》　大目付。良衛が患家として身体を診療している。

第一章　医師の務

一

医者の仕事のほとんどは、患者のいないときにある。

診療録の整理、薬の調合、そしてなにより大事なのが知識を増やすための勉学であった。

千年の歴史と膨大な治療の経験を集大成した漢方といえども、最新の科学に裏打ちされた蘭法といえども、すべての患者を癒《いや》せるわけではない。

医療というのは、一人一人によって違う。太っている患者には、通常よりも多めに薬を出さねばならなかったり、痩《や》せている患者には冷えへの対策も考えに入れておかなければならない。

身体のできあがった大人と未成熟な子供では、同じ病でも治療方法が変わることも多い。

なにより男と女は同じには扱えない。

女には男にない内臓が一個ある。人が次代へと命を受け継いでいくために、もっとも大切な子宮が女の身体には備わっている。その子宮に子を孕《はら》み産む。人としてなによりも偉大な行為を営まなければならない女を、医学において男と同列に扱うわけにはいかないのだ。

婦人科、産科、女のためだけに医学は二つ科を設けている。対して、男だけの科は、一つもない。これからわかるように、女の治療をするならば、相応の勉学をしなければならなかった。

幕府表御番医師矢切良衛《やきりりようえい》は、開業医でもある。医師は武家のなかでは身分が低い。軍事にかかわる重要度が低いこともあり、馬医者よりも格下とされている。当然、十分な禄高《ろくだか》が与えられることはない。本禄で喰《く》えないから、副業をする。

旗本御家人の内職を奨励していないとはいえ、食べていけるだけの禄を支給していないのだ。幕府も黙認するしかない。もちろん、あまり派手になると、しっかり咎《とが》めてくる。副業のために本業を失っては本末転倒である。

旗本御家人の内職は、ひそかにおこなわれるものであった。

ただ、医師だけには大っぴらに許されていた。どころか、推奨されていた。これは、幕府の政《まつりごと》の根本となっている儒学の考え、仁によっていた。

施政者にとってもっとも重要な徳は仁であった。幕府が旗本である医師たちに庶民の治療をさせているのは、この仁によった。幕府の慈悲で医師の診療を受けられる。これは施政者としての徳であり、仁である。仁徳ある幕府こそ、政をするにふさわしい。こう世間体を取り繕いたいがための推奨であった。

とはいえ、仁の正体はたんなる目こぼしでしかなく、治療に訪れる患者たちへの扶助はなにひとつとしてない。形を変えた治療費である薬代を、患家は負担しなければならず、払えない者の面倒は誰も見てはくれなかった。

形だけの仁。医者も同じであった。お金がなければ、薬も買えないどころか、己が生きてさえいけないのだ。医者も喰べていかなければならない。医者にかかるだけの金を持つ者は、そうそう多くはない。となれば、患者の奪い合いになる。藪《やぶ》ではやっていけなかった。

藪にならないためには、勉学を続けるしかなかった。勉学を続けて医者としての腕を上げなければ、患者から見捨てられる。

「医者は現役を引くまで勉学」

こう良衛に教えたのは、実父矢切蒼衛《そうえい》である。良衛に家督を譲って、隠居した蒼衛は、その後あっさりと余生に入り、いっさい勉学をしなくなった。

「医者を辞めてなにがよかったかと思えば、新たな学問をしなくてすむことだ」

蒼衛は隠居所を訪れた良衛に笑いながらいい、

「おまえも息子一弥《いちや》に代を譲れば遊べる。それまでは、無駄なときを過ごすな。患者がいないときは、本を読め。新しい療法はまず噂で届く。その段階で飛びつくな。新しい療法は諸刃の剣だ。十分な検証もされていない。もちろん、噂になるくらいだから、劇的な効果が望めるだろう。劇的なものほど、その裏に失敗は隠されている。それがわかるまで待て。新しい療法が本になるには数年かかる。そのころには、功罪があきらかになっているからな」

しっかりと釘《くぎ》を刺した。

新療法と新薬は、なんともいえない魅力をもっている。医者はこれらを使うことで得られる名誉を欲しがり、病人は従来のやり方では治らない病の好転を願って縋《すが》り付く。

施術する方とされる方が一致しているだけに、その誘いに乗らないと決断するのは難しい。慎重を期すことで他医より遅れていると誹《ひ》謗《ぼう》されるときもあるのだ。とくに若い医師ほど、新療法へ惹《ひ》かれる。勉学を怠らないように教えながら、蒼衛は諫めた。

「……心いたしまする」

不服そうな顔をしながら、良衛は首肯した。

最先端の医療と言われているオランダ流外科術も、すでに五十年近い年月を経ている。安定した効果をもたらしてはいるが、なかにはどうしても及ばない病や怪我《けが》があった。それへの対処法を求めている良衛を蒼衛は危なっかしく思っていた。

「医者は神ではない。それを忘れるな。己の手の届く範囲しか治療はおこなえぬ。無理をして一つの命を救うのは尊い。だが、そのために従来の手だてをおろそかにし、他の患者の様態を悪くしてしまっては、本末転倒だ。治せる病をしっかりと見つめる。それが町医者というものぞ」

家督を譲ったばかりのころ、蒼衛がしつこく言っていたのを、良衛は思い出していた。

「なにとぞ……」

目の前で平伏している若い男が、かつての己の姿に重なった。

「矢切先生の弟子にしていただきますよう、お願い申しあげまする」

若い男が願った。

「まだまだ弟子を取れるほどではない」

良衛は拒んだ。

「なにを仰せられますか。矢切先生は、江戸で一番の和蘭陀《オランダ》流外科術の遣い手として、その名前を轟《とどろ》かせておられるではありませんか。矢切先生のおかげで助かったという患家の話をわたくしは、いくつもうかがっておりまする」

顔だけあげて若い男が述べた。

「評判とは大げさになるものだ」

名医と褒められて悪い気はしない。良衛は照れた。

「だがの、愚昧《ぐまい》以上に評判のお医師はたくさんおられる。将来のことを考えるならば、典薬頭《てんやくのかみ》さまのところへお願いにあがられるほうがよいと思うぞ」

良衛は勧めた。

典薬頭とは、幕府の医師を束ねている今大路《いまおおじ》と半井《なからい》の両家を指す。ともに京の名医として知られた医家であったが、徳川家康《とくがわいえやす》によって旗本に取りたてられ、江戸へ居を移していた。幕府薬草園を預かっているだけでなく、天下の医療を取り仕切る者としてかっこたる地位を築いていた。禄高も千石をこえ、太夫としての官位も持っている。そして、今大路も半井も医塾を開き、医家を目指す者たちを集めていた。医塾で修養を積み、開業を認められれば、それぞれの流派を名乗ることを許される。将軍家御殿医の名前を冠する医術流派の皆伝と看板に書けるのだ。よほど大きな失敗でもしないかぎり、喰うには困らなくなる。

「たしかに今大路さま、半井さまのご指導を受けられればなによりでございましょう。しかし、現実は……」

最後まで言わず、若い男が首を左右に振った。

「…………」

良衛も黙った。

今大路も半井も家柄で、典薬頭の座に着いている。平安のころから脈々と続いてきた漢方の流れを維持することに主眼を置き、医術を技ではなく、秘伝としてしまっていた。

そう、剣術と同じなのだ。入ったばかりの弟子は、まず当主の典薬頭の教えを受けられない。どころか、顔を見ることさえできないのだ。

若い弟子は、まず雑用しかさせてもらえなかった。

塾の掃除、診療所で使われる道具の手入れ、薬の原料となる草木岩石を細かく砕くなどの作業をこなさなければならない。それこそ、朝日が昇る前から、日が暮れて真っ暗になるまで一日追いまくられる。用を終えてやっと勉学となるが、それも古典といわれる医術書を延々と書き写すだけで、かみ砕いての講義などない。そんな日々を数年こなし、ようやく初伝をもらい、診療室へ入れるようになる。もちろん、診療室へ入れたからといって、患者を診られるわけではなかった。代診である兄弟子の指示に従うだけ。こんな状況をさらに何年も重ねて、やっと代診になるか、開業するかなのだ。

「わたくしが目指すのは、最新の医術。それは和蘭陀流外科術でございまする。どうぞ、わたくしにお教えをくださいませ」

ふたたび若い男が平伏した。

「吉沢《よしざわ》どのと申されたか」

良衛が確認した。人の名前をまちがえるのは失礼に当たる。

「はい。幕府小普請組吉沢幾之丞《いくのじょう》が三男、竹之介《たけのすけ》にございまする」

若い男が名乗った。

「いくつになられた」

「十八になりましてございまする」

「少し修業に入るには遅くはござらぬか」

疑問を良衛は呈した。

医術だけに限らず、剣術、大工左官なども含めて、修業は早く始めるほどよい。剣術には六歳からという慣例のようなものがあるほどだ。

読み書きができなければならない医術は、他に比べればゆっくりめに始まるとはいえ、おおむね十歳から十二歳で弟子に入る。良衛も最初の師、杉本忠恵《すぎもとちゆうけい》の門を叩《たた》いたのは、十五歳のときであった。もっとも父から医術の手ほどきを受け始めたのはそれより早いが、これは家業を継ぐための下準備のようなもので、職人の家ならどこでもやっている。

「……じつは、一時剣で身を立てようと思っておりまして……」

気まずそうに吉沢が話した。

「なぜあきらめられた」

「才がないと思い知らされましてございまする」

吉沢が頬《ほお》をゆがめた。

「六歳から竹刀を持ち、ただひたすらに十年振りました」

「十年……」

良衛が感心した。

正式な流派ではないが、良衛も剣を使う。乱世のころに生まれた戦場剣術を父から伝えられていた。

剣術の修行は厳しい。もともと人をどうやってうまく殺すかというためにできたのが剣術である。要は相手よりも早く、的確に急所を撃つ。そのために剣術は何百年とかけて、有効な型というのを生み出してきた。それを繰り返し、繰り返し、身体に覚えさせていく。とある流派などでは、竹刀を一日一万回振れるようになるまで、いっさい型を教えないという。それは極端な例だが、どこでもちゃんと竹刀が振れるようになるまでは、先へ進ませない。それこそ、朝から晩まで竹刀を上下に振り続ける。

人というのは飽きる。同じ作業ばかり繰り返していると、嫌になってくる。根性のない者は十日で、少し辛抱できる者でも三年は続かない。その苦行に吉沢は十年耐えたと述べた。

「しかし、十年血豆を作って竹刀を振りましたが……五年目の弟子に抜かれてしまいました」

「……そうか」

なんともいえない顔をした吉沢に、良衛はそうとしか言えなかった。

剣術などの武道ほど、才能の差がはっきりわかるものはない。試合をすれば、あっさり勝ち負けが出てしまう。二十年の修行を積んだ者が、一年目の天才に敗れるなどいくらでもある。

「しかし、医術は違いましょう。学べば、学んだだけ腕が上がる。そうではございませぬか」

吉沢が必死になった。

「………」

良衛は応えなかった。

剣術ほど露骨に見えるものではなかったが、医術にも才能はあった。才能というより、集中できるかどうか、些細《ささい》なことに気づけるかどうかと言うべきではあるが、それこそ腕の差になる。

患者の顔色、呼吸の匂い、声の張り、歩き方、目の動きなど、初めて会ったときから診療は始まっている。多くの情報を患者は無言のうちに与えてくれている。それを受け止められるかどうか、嗅《か》ぎ取れるかどうか。修練で多少は変わるが、持って生まれた性質によるところも大きい。

おおざっぱな性格は、医者と料理人に向かない。繊細な感覚がなければならなかった。

「努力すると」

「はい」

確認した良衛に、吉沢がうなずいた。

「ううむう」

「なにとぞ、なにとぞ」

うなった良衛につけいる隙を見つけたか、吉沢が膝《ひざ》で間合いを詰めてきた。

「…………」

近づいた吉沢の手を見た良衛は、その節の高さに驚いた。剣術の修練を積むと握力が強くなる。飛んでいかないよう柄をしっかりと摑《つか》むからだ。それを繰り返していると、指の節まで太くなってくる。吉沢の修養のすさまじさが、そこにはあった。

「……わかった。だが、其《そ》れがしはまだ人を教えられるほどではない。弟子というのではなく、共に学ぶ者としてでよければ」

良衛は妥協案を出した。

弟子を取るというのは、その成長に責任を持つことでもあった。現状を見て、足りない部分を補い、優れているところを伸ばす。師としての仕事である。だが、これだけではなかった。師は弟子の行く末の面倒を見てやらなければならなかった。

いつ一人前として認めるか、独り立ちさせるための手助け、これも師の責任であった。浅学の者に免許皆伝のお墨付きを与えて、誤診があれば、それは師の責に帰する。医術の場合、弟子だけでなく、多くの患者の命にまで影響が出かねない。

良衛は吉沢を同学の後輩とすることで、その責から逃げた。

「……ありがとうございまする」

ほんの一拍間をおいた吉沢が、深く平伏した。

「それは止めてくれ」

あまりに面はゆいと、良衛は手を振った。

二

弟子ができようができなかろうが、良衛の役目に影響はなかった。

当番の朝、良衛はいつもと同じように登城した。

「昨夜はなにもございませなんだ」

宿直《とのい》の表御番医師からの引き継ぎを終えた良衛は、持参した書物へと目を落とした。

表御番医師は、江戸城の表御殿における急患に対応する。慢性の病の相手はしないため、かかりつけにはならない。つまり急病がなければ、暇であった。

することがないとはいえ、無為に過ごしていては周囲の目もある。表御番医師の詰め所である医師溜《だまり》には、いつ誰が来るかわからないのだ。そこで医師たちは、外聞を取り繕うため、薬研《やげん》を使って薬を調合したり、医学書を紐解《ひもと》いたりして下城のときを待った。

「ごめんくださいませ」

医師溜の襖《ふすま》の外から声がかかった。

「どうれえ」

来客との応接は、その日詰めている表御番医師のなかでもっとも新参となる良衛の仕事であった。

「拓栄《たくえい》でございまする。御広敷《ひろしき》にて怪我人《けが》でございまする」

襖を開けてお城坊主が告げた。

「怪我人でござるか」

傷となれば本道ではなく、外道の担当である。オランダ流外科術の遣い手として、表御番医師となった良衛が出務しなければならない事案であった。

もちろん、良衛以外にも外道を専門とする御番医師はいる。とはいえ、新参者から呼び出されていくのはどこでも同じである。

良衛はすばやく自席へ戻り、薬箱を手に取った。

「ご案内を」

「わかりましてございまする」

求めにお城坊主が首肯し、先導した。

御広敷は表と大奥をつなぐ役所であった。男子禁制の大奥を維持するための諸手続をおこなうだけでなく、将軍の食事も調えた。いわば、将軍の私《わたくし》を司る場所であった。

「怪我人はどなたか」

走りながら、良衛が問うた。

医師とお城坊主だけが殿中で駆けることが許されていた。

「御広敷伊賀者《いがもの》の石蕗《つわぶき》後蔵《ごぞう》でございまする」

同じ速度で走りながらお城坊主が答えた。

「……伊賀者が怪我を」

「そのように御広敷より通達がございました」

お城坊主が不思議な顔をした良衛に告げた。

「怪我についてはなにか聞いておられるかの」

良衛はさらなる情報を求めた。

「あいにく」

お城坊主が首を左右に振った。

「さようでござったか。ありがとうございまする」

ていねいに良衛は礼を述べた。

お城坊主は城中の雑用いっさいを担当する。厠《かわや》への案内から、湯茶の準備まで、お城坊主なしでは、百万石の前田《まえだ》であろうが、御三家であろうが、なにもできなかった。

またお城坊主は城中のどこにでも出入りができることから、意外なところに顔が利き、老中とも話ができる。お城坊主に嫌われると、よくない噂をあちらこちらに撒《ま》かれ、手痛い目に遭いかねない。

医者といえどもお城坊主には気を遣わなければならなかった。

「こちらが御広敷伊賀者の詰め所でございまする」

お城坊主が板戸の前で足を止めた。

「かたじけない」

もう一度礼を口にして、良衛は板戸を断りもなく開いた。

「何者か。ここは他役の立ち入りを禁じられている」

「表御番医師矢切良衛でござる。患家はこちらか」

反応した御広敷伊賀者へ、良衛は名乗った。

「お医師どのでござるか。それはご無礼を」

怒鳴った伊賀者が詫《わ》びた。馬医者より格の低い表御番医師だが、御家人の最下級である伊賀者よりは高い。

「こちらでござる」

恐縮した伊賀者が案内した先で、敷物さえない板の間に一人の男が寝ていた。

「後蔵、お医師さまだ」

「……うう」

目を閉じて寝ていた石蕗が、うっすらとまぶたを開いた。

「どいてくれ」

良衛は案内の伊賀者を押しのけ、石蕗の側に腰を下ろした。

「左足だな」

すばやく良衛は患部を見抜いた。

寒中でも袴《はかま》の腿《もも》立ちをあげ、足袋を履くことを許されていない伊賀者である。素足同然の左足が赤黒く変色し、腫《は》れているのは一目でわかった。

「…………」

無言で患部に触れた良衛は、遠慮無くまさぐった。

「……つっ」

声にならない苦鳴を石蕗が漏らした。

「折れているのは一目でわかったが……」

良衛は石蕗の顔を見つめた。

「なぜすぐに医者に診《み》せなかった。少なくとも一日前だな、折ったのは。しかも無理に動いただろう。骨のかけらがあちこちに散っている」

「…………」

厳しく問う良衛に、石蕗は沈黙を守った。

「……おぬし」

返答が得られないと悟った良衛は、さきほどの案内した伊賀者へと矛先を変えた。

「名前は」

「磯田《いそだ》でござる」

伊賀者が名乗った。

「いつだ」

「お役目にかかわることゆえ、お答えいたしかねまする」

「医者という役目にかかわるゆえ、問うている」

役目を盾に拒む磯田へ、良衛は言い返した。

「申せませぬ」

磯田が断った。

「的確な治療ができなくなるぞ。後遺が出て、二度とお役目を果たせなくなるやも知れぬ」

「いたしかたございませぬ」

脅すような良衛の言葉にも、磯田はかたくなな態度を変えなかった。

「……そうか。責任は持たぬぞ」

良衛はあきらめた。

経緯を聞き出すよりも、治療を優先すべきだと良衛は判断した。

「治療を始める。かなり痛む。舌を噛《か》んでは困るゆえ、布を口に」

「要りませぬ。伊賀者はどのような目に遭おうとも、悲鳴をあげませぬ」

磯田が拒絶した。

「ご立派なことだ」

妙な自慢に良衛はあきれた。

「では、遠慮せぬ」

良衛は、まず無事な右足を触り、石蕗の骨の正常な形を確認した。

「……骨をもとの位置に戻すが、折れてからどれだけ経っているかわからぬ。無事にくっつくかどうか、保証はせぬ」

「…………」

石蕗の反応はなかった。

「……強情な」

無視された良衛は鼻白んだ。

「行くぞ。左足の力を抜け」

良衛は石蕗の左膝《ひだりひざ》の上に乗り、動かないよう押さえこんだ。念のため、もう一度折れている骨の状況を確認し、良衛は足首を摑《つか》んだ。

「……ぬん」

こういうものはゆっくり力を加えていくより、一気呵成《いっきかせい》にやるほうが患者の負担は少ない。良衛は思い切り足首を遠くへ押しやった。

「……うっ」

折れた骨が刺さっていた肉から引き抜かれ、石蕗が小さく呻《うめ》いた。

「動くなよ」

そのまま良衛は慎重に足首へかけた伸張力を緩め、骨をもとの位置へと戻していった。

「これでよかろう」

良衛は足首から手を離し、患部をなで、変な出っ張りがないかどうかを確認した。

「取り除かねばならぬほどの大きな破片はないな。骨のかけらは自分のものだ。身体が吸収してくれよう。しきれなければ、肉から押し出されてくる。違和を感じたときに切ればよかろう」

満足した良衛が、石蕗の膝から降りた。

「副木《そえぎ》になるものはないか」

良衛が磯田に問うた。

「しばし、お待ちを」

離れていった磯田が、すぐに戻ってきた。

「このようなものしかございませぬが」

手には六尺棒を持っていた。

「長すぎるわ。短くもできん」

御広敷とはいえ、殿中なのだ。刀を抜くことはできなかった。

「台所へ行き、すりこぎを借りて来い」

「……台所は」

良衛の指示に、磯田が二の足を踏んだ。台所は将軍の食事を作る。将軍の口に入るものを調製しているとの矜持《きょうじ》があり、身分低い伊賀者の相手などしてくれない。

「台所役人が文句を言ったならば、吾《われ》の名前を出せ」

もどかしげに良衛は怒鳴った。

「お医師どののお名前を……」

「そうだ。台所には貸しがある」

驚く磯田に良衛が告げた。

貸しとは、五代将軍綱吉《つなよし》の毒殺未遂一件を表沙汰《おもてざた》にしなかったことだ。甲府《こうふ》藩主綱《つな》豊《とよ》に忠義を誓っていた台所役人が、綱吉の膳《ぜん》に毒を盛った。幸い、綱吉はその膳を口にしなかったが、調理を担当する者が毒を食事に混ぜたのである。ことが公になれば、毒を盛った者はもちろん、上司や同僚たちも無事ではすまない。そうならないよう良衛が守った。いや、大目付松平対馬守《まつだいらつしまのかみ》の命で防いだ。台所役人の身を考えてではなかったが、形として救ったのはたしかである。台所役人は良衛に頭が上がらなくなった。

「すぐに」

磯田が駆けていった。

「凄《すご》い汗だな」

良衛は石蕗の額を手ぬぐいで拭《ぬぐ》った。

「何日経ったかは知らぬが、折れた骨が内側から肉を傷つけている。その傷口を放置したため、手遅れになっている。はっきりいって、足を残せるかどうかは、わからぬ。膿《う》めば切ることになる」

「……足を失えば、忍として終わりだ」

初めて石蕗が口を開いた。

「それはそっちの都合だ。忍を続けるかどうかを判断するのは、医者の仕事ではない。吾はできるだけの処置をした。それだけよ」

良衛はあっさりと流した。

「なんとかしていただけぬか」

「経緯を話さず望むな」

すがる石蕗を良衛は冷たく拒んだ。

「……………」

石蕗が黙った。

「おそらく、棒のようなもので打たれた」

「なっ……」

呟《つぶや》くように言った良衛に、石蕗が目を見開いた。

「臑《すね》の骨がへこんでいる。ちょうどこの六尺棒を押し当てたような形にな。人の身体は押さえつけられたところで、ときが経てばもとに戻る。それが、わかるほどに跡がついているとなれば、まず事故は考えられない。意図をもってされたのだろう」

「…………」

石蕗が顔をそむけた。

「相手は女だな」

「きさまっ」

今度こそ石蕗が顔色を変えた。

「動くな。骨がずれる」

良衛は飛び起きようとした石蕗の喉《のど》下のくぼみを人差し指で押した。

「くっ」

石蕗が動けなくなった。

人体には何ヵ所かの急所がある。一撃で命を奪えるところから、身体を動かせなくするだけのところなど、多岐にわたる。その一つを良衛は使い、石蕗の動きを制した。

「医者に逆らうな。次は骨がずれても知らぬ」

「…………」

ぐっと石蕗が良衛を睨《にら》みつけた。

「少しは考えろ。どこでいつ怪我《けが》をしたかというのを役目のうえだとして明かさなかった。御広敷伊賀者の役目は、探索御用と大奥の警衛。探索御用の先でこの傷を負ったならば、ここまで帰ってこられまい。となれば残るは大奥のみ」

「きさま」

石蕗の目が剣呑《けんのん》な光を帯びた。

「どうする気だ。殺すか。吾がここにいることを知っている者は多い。吾をここまで案内してきたお城坊主、吾が御広敷に行くと知っている同僚の表御番医師。吾をやれば、これらすべてを敵に回すぞ。医者と坊主を敵にすれば、生きている間も死んでからもろくな目に遭わぬぞ」

「…………」

良衛に言われた石蕗が詰まった。

「お医師どの。すりこぎでござる」

そこへ磯田が帰ってきた。

「貸されよ」

受け取った良衛は臑の前にすりこぎをあて、その上から布で厳重に固定した。

「あとで薬を取りに来るように。もし高熱が出るようであれば、すぐに外道医師のところへ運べ。命にかかわる」

「承知。かたじけのうござった」

「………………」

指示に磯田が礼を述べたが、石蕗は無言であった。

「では、これで」

立ちあがった良衛を磯田が見送った。

「この場を去らせればすむと思うなよ」

伊賀者詰め所を出たところで、良衛は足を止めた。

「なんのことでございましょう」

「とぼけるな。吾と石蕗の話を聞いていたであろう」

「………………」

磯田が黙った。

「台所までの往復の手間がどれだけで、いつすりこぎが届くか、それくらい頭に入れておかねば、治療はできぬ。ときをかけすぎだ」

「くっ」

「あとで始末すれば、伊賀者が疑われないなどと考えているなら甘いとしかいえぬ」

顔をゆがめる磯田に良衛は続けた。

「吾はこの足で、大目付さまのところへ参る」

「大目付……」

磯田が息を呑《の》んだ。

「医者をなめるなよ。医者に身分はない。患者はそれこそ将軍家から、庶民までなのだ。どこでどう繋《つな》がりがあるか」

良衛が磯田を睨みつけた。

「すべてを話せとは言わぬが、そちらが隠すゆえ、こちらも応じた。信用されぬなら、こちらも信じぬ。手は打たせてもらう」

「待ってくれ。詫《わ》びるゆえ、大目付さまのもとへ行かれるのは止めていただきたい」

磯田が良衛を宥《なだ》めた。

「断ろう。殺そうと考えていた連中の言うことなど信用できぬ」

言い捨てて良衛は磯田の願いを断った。

三

「御坊主どの」

御広敷を出たところで、良衛は目についたお城坊主を呼び止めた。聞き耳を立てているであろう磯田に聞こえるように少し大きめの声を出した。

「なんでござろう。お医師どの」

お城坊主が用件を問うた。

医者もお城坊主もともに頭を丸めている。これは医者も僧侶《そうりょ》として扱われているからである。

我が国に体系づいた医療を最初にもたらしたのは、大陸から仏教を広めに来た僧であった。その故事に倣い、医者は僧侶としての位階に含まれた。

どちらも僧体でありながら、お城坊主と医者の区別がつくのは、身に纏《まと》っている羽織の形が違うからであった。

お城坊主が普通の茶羽織を身につけているのに対し、治療のおり、長い袖《そで》は邪魔になると医者は袖の小さな筒袖《つつそで》という羽織を着ていた。

「大目付松平対馬守さまは、今どこにおられるかご存じないか」

「はて……」

訊《き》かれたお城坊主が首をかしげた。

「少ないが……」

良衛は手早く小粒金を一つ、お城坊主の袖へ落とした。

「……これは」

面倒くさそうだったお城坊主の表情が一変した。

城中の雑用係のお城坊主は身分も低く禄《ろく》も少ない。二十俵二人扶持役金二十七両の手当だけで、生活できないわけではないが、城中での応接を役目とするだけに、みすぼらしい格好はできなかった。羽織、小袖、足袋などをこぎれいに調えるとなれば、相応の金もかかる。そんなお城坊主たちの役得が、心付けであった。

人は誰でも金をくれる相手を大事にする。お城坊主はそれが露骨であった。

日頃家臣たちにすべてをまかせる大名は、一人で茶を淹《い》れることさえできない。そんな大名が江戸城で喉が渇いたと訴えたとき、日頃から金を撒《ま》いている相手ならば、お城坊主もすぐに対応する。しかし、そうでない大名だと、平気で半日くらい放置する。だからといって、城中で怒気を露《あら》わにはできない。なにせ、お城坊主は将軍の家来であって、大名の家臣ではないのだ。どれほどの無礼をされても、大名は我慢しなければならなかった。

さらに礼儀礼法を見張る目付の目もある。粗暴なまねなど論外であった。

とはいえ、大名はわがままに育っている。いつ辛抱の糸が切れても不思議ではない。そこで、大名家の家来たちがひそかにお城坊主へ金を渡す習慣ができた。節季ごとに金を渡し、城中で主君の用事を優先してもらう。

ただし、これは常の場合である。それ以外に不意の用を頼んだり、特別な配慮を求めたりするときは、別途心付けが要った。

　とはいえ、良衛のようにあらかじめ金を用意している者は少ない。当たり前である。大名など金に触るどころか、見たことさえない連中ばかりである。そこで、大名や役人などの多くは、金の代わりとして手にしている白扇を渡すようになっていた。白扇が証文代わりとなり、後日大名や役人の屋敷へ持ちこみ、金と交換するのだ。

「対馬守さまならば、今頃は表黒書院のあたりをお見回りなさっておられましょう」

　お城坊主が位置まで特定した。

「かたじけなし」

　良衛は礼を述べて、黒書院へと向かった。

　大目付は別名大名目付と言われる。三千石をこえる高禄の旗本から選ばれ、大名たちの非違を監督した。かつてはいくつもの大名を取りつぶし、天下を震撼《しんかん》させるほどの権を振るっていたが、それも過去の話となっていた。できるだけ大名を潰《つぶ》さないように、幕府が方針を変えたためであった。

　それは四代将軍家綱《いえつな》就任のおり、軍学者由井正雪《ゆいしょうせつ》が起こした乱の原因が、大名の取りつぶしで世にあふれた浪人たちの不満によるものであったからであった。

　大名を潰せば、謀叛の芽は摘めるが、乱の種を撒く。そう悟った幕府は、大名への締め付けを大きく緩めた。そのため大目付の権は大幅に削られた。大名たちに怖れられた大目付も、今では役職を歴任してきた高禄旗本の隠居役にまで落ちぶれた。大目付を命じられた者たちは、皆、詰め所で一日茶を飲み、昔話に花を咲かせる。それで誰も文句を言わないのは、大目付を務めれば、嫡男の出世が約束されるからだ。

ただ松平対馬守だけが、違った。

「大目付こそ、幕府を守る盾でなければならぬ」

松平対馬守は、名前だけの役目となった大目付にかつての威光を取り戻すため、いろいろと画策していた。その一つが城内巡検であった。

徳川家に膝《ひざ》を屈した外様大名たちが、江戸城に登城してくる。それを見張り、非違があれば咎《とが》める。大目付の巡検はそのためにおこなわれていた。役目が形骸《けいがい》となってからは、誰もやらなくなっていた巡検を松平対馬守は一人復活させていた。

松平対馬守は毎日決まった順路で城内を巡検している。それをお城坊主は知っていた。

「おられた」

黒書院を視野に収めた良衛は、威嚇するように廊下をゆっくりと進む松平対馬守を見つけた。

「対馬守さま」

近づきながら良衛は声をかけた。

「おう。医師ではないか」

松平対馬守も応じた。

「お腰のご様子はいかがでございましょう」

「よいぞ。お陰だな」

尋ねた良衛に、松平対馬守が返した。

「よろしければ、拝診いたしまするが」

言いながら良衛が目配せした。

「それはありがたいの。どこか空き座敷は……黒書院はまずいな」

黒書院は、勅使応答など幕府の重要な行事を執りおこなうところである。大目付といえども、用なく足を踏み入れることはできなかった。

「あそこでいいか」

松平対馬守が、黒書院の隣に付随している小座敷を指さした。

「ここなら人も来るまい」

小座敷へ入った松平対馬守の雰囲気が変わった。

「なにがあった」

松平対馬守が詰問した。

「さきほど……」

良衛が御広敷であったことを語った。

「伊賀者が大奥で怪我《けが》を……」

表情を険しくして、松平対馬守が繰り返した。

「わかった。少し調べてみよう」

松平対馬守が引き受けた。

「ところで、矢切」

声を厳しいものに変えて松平対馬守が良衛を睨《にら》んだ。

「愚か者め」

「な、なにを」

いきなりの叱責に、良衛はうろたえた。

「わからぬのか。情けないやつじゃ」

松平対馬守が良衛の反応にあきれた。

「なぜ伊賀の裏を口にした」

「それは、伊賀が事実を隠したからでございまする」

良衛は答えた。

「そこで気づかぬか。話せぬと言うのは、都合が悪いということに。都合の悪いところを知られては困るだろうが」

「それはそうでございまするが……治療を求めた医師に対し、怪我の状態にかかわることを秘すなど論外でございまする。怪我でなくとも同じ。いつ発症し、どのような経緯を取ってきたかがわかりませぬと、病に的確な治療はできませぬ」

嘆息する松平対馬守へ良衛は反論した。

「それは医師の理屈であろう」

「えっ……」

先ほど石蕗に投げかけた言葉が、良衛に返ってきていた。

「忍の都合が医にかかわりないように、医者の都合だけで世のなかは回っておらぬ。それ以上に大きなものによって、世間は動いている」

「しかし……」

「黙れ」

良衛の反駁《はんばく》を、松平対馬守が封じた。

「よいか。世を支えているのは医術ではない。政《まつりごと》だ」

「…………」

正論であった。

「医者が生涯、どれだけがんばっても、万の人は救えまい」

黙った良衛に、松平対馬守が続けた。

「だが、政は百万の民を救う」

「たしかに仰せのとおりでございますが、ときとして政は人を殺しまする」

「医者は人を殺さぬのか。さじ加減で人を簡単に死なせるのも医者であろう」

「うっ……」

言い返されて良衛が詰まった。

「政が人を殺すのと医者が誤診で殺すのを同列にしてはならぬな」

たとえが悪かったと、松平対馬守が言い換えた。

「お主たちは、命を救うためと言って、手足を切り取るであろう。それと同じよ。大の虫を生かすために、小の虫を殺す。それが政だ」

「手足と命を引き替えにはできますまい」

良衛はなんとか言葉を返した。

「それが一人を救うために百万を死なせろというのとどこが違う」

「そのようなことを申してはおりませぬ。しかし、人の命を数で押し切るのはどうかと」

松平対馬守へ良衛は言った。

「数ではからねばなにで決める。まさか、見目とか申してくれるなよ。唐の傾国楊貴《ようき》妃《ひ》の楽しみのため玄宗《げんそう》皇帝は幾多の人を殺したが、それこそまちがいであろう。政をおこなう者は、好悪でものごとを決めてはならぬ」

「…………」

　どう言っていいのか、良衛はわからなくなった。

「わからぬようだな。少しは学べ、政を」

「わたくしは医者でございまする。医者は医学だけを学んでいればよろしゅうございまする」

　良衛は口答えをした。

「それは……」

「兵部大輔《ひょうぶだゆう》どのは、政をなさっているぞ」

　兵部大輔は良衛の岳父で、今大路家の当主である。幕府典薬頭として、天下の医政を司っていた。

「まあいい。そなたは、医をこえる政という権威があると知っておけばいい。政は非情でなければならぬ」

「では、伊賀者が政に……」

「直接ではないだろう」

「えっ」

　予想外の返答に、良衛は困惑した。

「大奥警固の伊賀者が、そこでやられた。伊賀者の身分と場所からして政ではなかろう」

松平対馬守が小さく首を振った。

「政ではないのに、医者の質問を拒んだ」

「拒まざるを得なかったのだ」

「……得なかった」

「まだわからんのか」

心底、松平対馬守があきれた顔をした。

「幕府において政をおこなわれているのはどなたじゃ」

「上様でございまする」

「執政と言わなかっただけ褒めてやる」

良衛の答えに、松平対馬守が満足げな顔をした。

「実質はご老中さまたちがしているとはいえ、すべての政は上様のお名前でなされる」

「わかりまするが……」

松平対馬守の話に、良衛は口を挟もうとした。

「家綱さまとは違う。上様は、ご自身で政をなされる」

松平対馬守がはっきりと言った。

十一歳で四代将軍に就任した家綱は、政をおこなうには幼すぎた。幸い、三代将軍家光《いえみつ》の御世から老中を務めてきた松平伊豆守信綱《いずのかみのぶつな》と阿部《あべ》豊後守忠秋《ぶんごのかみただあき》らが留任していたおかげで政に穴を開けずにすんだが、そのまま全権を執政たちに預けることになった。

「そうせい候ではないと」

良衛は確認した。

そうせい候とは、どのような話でも、執政衆の言うとおりにさせる家綱を揶揄《やゆ》したあだ名であった。

「そうだ。上様は政を執政たちから取り戻そうとされている」

「政を取り戻す……」

良衛は息を呑《の》んだ。

「わかるか。今の幕府で政と言えば上様なのだ」

松平対馬守が強く言った。

「……では、伊賀者は上様にかかわることを」

「おそらくな」

問うような良衛に、松平対馬守がうなずいた。

「…………」

「まったく」

松平対馬守がふたたびため息を漏らした。

「黙って、儂《わし》に報告すればよいものを。要らぬ読み自慢をしたばっかりに、伊賀者を警戒させてしまったではないか。守りを固めた伊賀者は面倒だぞ」

「……申しわけありません」

良衛は頭をさげるしかなかった。

「しでかしたことは、今さらどうしようもない。覆水は盆に返らず。では、どうすればいいのか。もう一度水を汲《く》めばいい。それは、そなたの仕事ではない」

腕組みを松平対馬守が解いた。

「下がってよい」

松平対馬守が手を振った。

「失礼いたしまする」

良衛は座敷から出た。

四

良衛を帰してしばらくのち、松平対馬守は座敷に籠《こ》もっていた。

「……坊主衆」

ようやく座敷から顔を出した松平対馬守が、所用の求めに応じるため、廊下の隅で控えているお城坊主を呼んだ。

「なんでございましょうや」

小走りにお城坊主が寄ってきた。

「小納戸頭の柳沢《やなぎさわ》どのを呼んでくれぬか」

「お忙しいかと存じますが……」

「声をかけてくれるだけでいい。これを」

渋るお城坊主に、松平対馬守が白扇を渡した。

「お見えいただけると確約はできませぬが……しばしお待ち下さいませ」

白扇を受け取ったお城坊主が駆けていった。

「不便な」

その背中を見送りながら、松平対馬守が独りごちた。

小納戸頭というのは、忙しい。将軍の側にあって、食事や着替えなどを担うだけでなく、将軍の相手も務めなければならない。

食事や洗顔などの所用は、毎日のことだ。とはいえ、将軍が口に出す前に、その要望を読みとり、先もって動かなければ小納戸は務まらないのだ。

とくに綱吉のお気に入りとして、お側去らずと言われている柳沢吉保《よしやす》は、休息を取るどころか、厠《かわや》に行く間もないほど忙しかった。

「柳沢どの」

御座の間の出入り口を警戒していた小姓が、柳沢吉保に声をかけた。

「なんでござろうか」

柳沢吉保が問うた。

「お城坊主が参りましてな、大目付松平対馬守どのの使いだと。お忙しいと帰しましょうか」

小姓が気を遣った。

「対馬守どのが……しばし待たしておいてくだされ」

そう頼んで、柳沢吉保は五代将軍綱吉のもとへと伺候した。

「どうした」

「上様、しばし中座をお許しいただけましょうや」

「……対馬か」

綱吉が気づいた。

「…………」

無言で柳沢吉保が首肯した。

「許す」

「かたじけのうございまする」

一礼して、柳沢吉保が御前をさがった。

将軍御座の間と黒書院は少し離れている。柳沢吉保は、走っていると取られないほどの早足で急いだ。

「柳沢さまをお連れいたしましてございまする」

先導していたお城坊主が、襖《ふすま》ごしに声をかけた。

「ご苦労であった。さがってよい。柳沢どの、なかへお願いする」

まずお城坊主を松平対馬守は遠ざけた。

「……ご免」

お城坊主が離れるのを確認してから、柳沢吉保が襖を開けて入ってきた。

「ご多用のところ、申しわけない」

「いえ。わざわざのお呼び出し。よほどのことでございましょう」

気にするなと柳沢吉保が首を左右に振った。

「ただ、ときは……」

「承知いたしております る」

すぐに用件をと言う柳沢吉保に松平対馬守がうなずいた。

身分からいけば、大目付が小納戸頭より上だが、実質の権は逆転していた。将軍の側にあって話ができる小納戸頭を敵に回すだけの力など、大目付にはなかった。松平対馬守がていねいな口調で、事情を説明した。

「ううむう」

聞き終わった柳沢吉保が難しい顔をした。

「どうお考えになられる」

話し終えた松平対馬守が問うた。

「芳しい事態ではございませぬな」

柳沢吉保が表情を硬くした。

「やはり」

「大奥は上様の閨《ねや》。政務でお疲れになられた上様を、畏《おそ》れ多くもお癒《いや》しするところ。その神聖な場を守る伊賀者が、傷を負わされるなど言語道断でござる」

厳しい口調で柳沢吉保が続けた。

「矢切の報告が正しいとしての話でございますが……伊賀者が大奥で怪我《けが》をした理由は二つ」

「仰せのとおり」

松平対馬守が同意した。

「一つは、上様あるいは大奥の誰かを狙うために侵入した伊賀者を、大奥の女が撃退した」

柳沢吉保がまず右手の指を一つ折った。

「もう一つは、上様の守りである伊賀が邪魔だった」

「…………」

無言で松平対馬守が首肯した。

「これがよろしくございませぬ」

「まさに」

二人が顔を見合わせた。

「大奥には、わたくしもお供できませぬ」

柳沢吉保が苦く頬《ほお》をゆがめた。

大奥は男子禁制であった。

当然である。大奥に将軍以外の男が出入りしていたのでは、女中が孕《はら》んだとき、誰の子供かわからなくなる。

将軍しか男がいなければ、すべての子供は綱吉の血を引いていると言える。

大奥は将軍血統の保持を担っていた。

「もし大奥に上様の敵が入りこんでいれば……」

「我らに打つ手はございませぬ」

松平対馬守と柳沢吉保が顔を見合わせた。

「今、上様になにかあれば……」

「お世継ぎがおられませぬゆえ、ふたたび幕府は揺れまする」

問うような松平対馬守に柳沢吉保が力なく答えた。

五代将軍綱吉に跡継ぎはいなかった。もっともその血を引く子供はいた。長女の鶴《つる》姫《ひめ》と長男の徳松《とくまつ》であった。二人とも、綱吉がまだ館林《たてばやし》藩主だったころに、側室お伝《でん》の方の腹から生まれていた。

長女の鶴姫は、御三家紀州《きしゆう》徳川家当主綱教《つなのり》のもとへ嫁いでいるが、嫡男の徳松は天和三年（一六八三）、五歳で早世していた。綱吉の将軍継承に伴い江戸城西の丸へ入っただけでなく、扶育役として老中板倉重種《いたくらしげたね》らが付けられ、次の将軍としての体裁が取られていただけに、その衝撃は大きかった。

「対馬守さまには、お娘御はおられませぬので」

「二人おるが、とうに嫁にいっており、大奥へあがることはできぬぞ」

柳沢吉保の意図を理解した松平対馬守が否定した。

「貴殿はいかが」

「わたくしに子はおりませぬ」

延宝四年（一六七六）、遠縁の旗本曾雌《そし》定盛《さだもり》の娘定子《さだこ》と婚姻している柳沢吉保だったが、まだ子供はできていなかった。

「信用できる一門の……」

「だめでございましょう」

言いかけた松平対馬守を柳沢吉保が制した。

「大奥は終生奉公、一度あがれば親の死に目にも会えないのが決まり。そんなところへ娘をあげろと言うには……」

「事情を説明せねばならぬか」

松平対馬守が腕を組んだ。

「大奥に上様を害し奉る者が入りこんでいる、などと他人に漏らすわけには参りませぬ」

柳沢吉保が告げた。

大奥は将軍の閨《ねや》なのだ。いわば、綱吉の手中である。そこに獅子《しし》身中の虫がいるなど明らかになれば、女さえ御せぬ情けない将軍だと、綱吉の名前に傷が付いた。

「だが放置はできぬ」

「早急に策を練らねばなりませぬが……その前に、まず上様にお話をして、大奥へのお出かけをできるだけ減らしていただくようお願いをいたさねばなりませぬ」

危ないとわかっているところへ、主君をいかせてはならないと柳沢吉保が述べた。

「たしかに。だが、まったくお通いにならぬわけにも参るまい。上様にはお世継ぎを儲けていただかねばならぬ。大奥へ行けば上様のお命が危ない。されど、行っていただかねば、お子ができぬ。どうすれば……」

松平対馬守が困惑した。

「ここで思案していてもらちが明きませぬ」

柳沢吉保が話を打ち切った。

「わたくしは上様のもとへ復しまする」

「ご報告はお任せする。こちらはなにか策がないか、考えておきまする」

役目に戻るという柳沢吉保へ、松平対馬守が口にした。

「お願いをいたしまする。では」

柳沢吉保が急いで出ていった。

「大奥か、また面倒な」

松平対馬守が大きく息を吐いた。

将軍家御座の間に戻った柳沢吉保は、少し綱吉との対話を待たされた。

「よしなにご勘案くださいますよう」

老中大久保《おおく ぼ》加賀守《かがのかみ》忠朝《ただとも》が、綱吉に目通りをしていた。

「考えておく。下がってよい」

手を振って綱吉が、話の終わりを告げた。

「戻ったか、吉保」

大久保加賀守と入れ替わりに、御座の間へ入ってきた柳沢吉保を見て、綱吉の表情がゆるんだ。

「申しわけございませぬ」

中座の詫びをしてから、柳沢吉保が問うた。

「加賀守さまが、お見えでございましたがなにか……」

「おろかなことを言いだしおる」

綱吉の機嫌は悪かった。

「お伺いいたしましても」

「うむ。一同遠慮いたせ」

尋ねた柳沢吉保へうなずいて、綱吉が他の小姓たちに他人払いを命じた。

「…………」

もう柳沢吉保という寵臣と綱吉の密談には慣れた小姓たちが、声もなく御座の間を出ていった。

　　　　五

「先日、御用部屋で堀田筑前守《ほったちくぜんのかみ》が殺されたであろう」

「はい」

柳沢吉保は首を縦に振った。

綱吉を五代将軍の座に就けた堀田筑前守正俊《まさとし》は、その功績で大老を任され、政のほとんどを委託されていた。その堀田筑前守が、よりにもよって御用部屋の前で、従弟《いとこ》の稲葉石見守正休《いなばいわみのかみまさやす》の手で刺し殺された。

衝撃で城中を揺らした大事件は、つい先日のことであり、誰もが鮮烈に覚えていた。

「御用部屋であのようなことがございました。御用部屋と御座の間はさほど離れておらず、ふたたび乱心者が出た場合、将軍家に被害が及ぶやも知れませぬ。つきましては、御座の間よりも奥の御休息の間へお引きいただきますように……御用部屋の総意だそうだ」

鼻先で笑うように綱吉が告げた。

「それはまた……」

柳沢吉保もあきれた。

「であろう。あのようなことが二度と起こらぬようにいたすのが、執政の役目であろう。防止ではなく、遠ざけるを選ぶとは、情けないにもほどがある。あれで、老中でございい、天下の執政であると、城中を闊歩《かっぽ》しているなど情けのうて涙も出ぬ」

怒りを再燃させて、綱吉が執政たちを罵《ののし》った。

「……吉保」

「はっ」

「やはりあのていどの者どもに政《まつりごと》を預けるわけにはいかぬ。躬《み》はあらためて決意を固くした。老中どもより政の権を取り戻す」

綱吉が宣した。

「上様のご決意、吉保承りましてございまする」

「手を貸せ」

「仰せになられるまでもございませぬ。卑賤《ひせん》ながら、この柳沢吉保、上様のおためにならば、どのようなことでもしてのける覚悟でございまする」

柳沢吉保が綱吉についていくと誓った。

「愛《う》いやつよな」

綱吉が満足そうに言った。

「躬の側はそなたに。裏は松平対馬守に、残る……」

「金のことは、荻原《おぎわら》どのに」

寵臣が続けた。

「うむ。荻原は勘定方の筋ながら、次男であったおかげか、かの連中の悪癖に染まっておらぬ。算術に明るいというゆえ、召し出させたがなかなかの拾いものであったわ。政をするには金が要る。金を把握せずに天下など維持できるか。荻原には好きにいたせと命じてある。ただし、躬が政を動かすまでに、幕府の金蔵を満たせとな」

「金蔵を満たせましょうや」

「できねば、役目を外すだけだ。そこまでせねばならぬほど幕府に金はない」

綱吉が嘆息した。

四代将軍家綱から大統を受け継いだ綱吉が最初にしたのは、金蔵の調査であった。金銀がうなりを上げ、万一の際の軍資金が詰まっているはずの金蔵の現状を見たとき、綱吉は愕然《がくぜん》とした。

「金がないのは命がないのと同じ。庶民がいうのは真実だ。ゆえに、躬は荻原を抜擢《ばってき》した。今までの勘定方に節約を命じたところで、意味がないとわかっているからの。躬から命じられてできるようならば、ここまで悪化する前に手を打てたはずだ。それをしなかった連中に改革ができるはずなどない」

厳しく綱吉が断じた。

「はい」

柳沢吉保も同意した。

「ところで、対馬の用はなんであった」

綱吉が話を戻した。

「お耳に入れなければならぬ案件でございまする」

そう言って柳沢吉保が語った。

「……そうか」

聞き終わった綱吉が目を閉じた。

「大奥で何夜も過ごしたが、一度たりとも身の危険を感じたことはない」

綱吉が述べた。

「では、伊賀者が上様のお身を狙い、それを大奥が撃退したと」

「それはあるまい」

はっきりと綱吉が否定した。

「もしそうなれば、大奥から躬に報告があるはずだ。伊賀者が謀叛を企んでいるとな」

「たしかに」

綱吉の言うとおりであった。未遂で終わろうとも、襲撃があった事実は報されなければならない。そうすることで対策が取れるだけでなく、原因の排除もおこなえるのだ。飛んでくる蚊を追い払うだけでなく、開け放たれている戸を閉めなければ、いつまでたっても同じことを繰り返すことになる。そして、いつかは刺されてしまう。

「大奥から伊賀者を追い払ったとの報せは来ておらぬ」

昨夜も綱吉は大奥で側室と共寝をしていた。なにかあれば、遅くとも朝、綱吉が大奥から表に出る前に話がなされていなければならなかった。

「ということは……」

柳沢吉保の声が低くなった。

「大奥に敵が入りこんでいる……いや、大奥が敵になったのかも知れぬ」

綱吉がなんとも苦い表情をした。

「それはございますまい」

大奥が敵と言う綱吉に柳沢吉保が首を左右に振った。

「どうしてそう言える」

「御台所《みだいどころ》さまとお伝の方さまがおられまする」

「信子《のぶこ》と伝か」

柳沢吉保の言葉に、綱吉が繰り返した。

綱吉の正室は、五摂家の一つ鷹司《たかつかさ》家の姫信子であった。寛文四年（一六六四）に館林藩主だった綱吉のもとへ嫁ぎ、延宝八年（一六八〇）綱吉が五代将軍になると同時に、江戸城大奥へ入った。

「大奥の主は御台所さまだと聞き及んでおりまする」

柳沢吉保が話し始めた。

大奥の設立は、かなり新しく三代将軍家光のころである。初代家康は江戸城を居城とせず、二代秀忠《ひでただ》は正室お江与《えよ》の方以外の女を公式にもたなかったからだ。

もちろん、奥という場所はあり、お江与の方が住んではいたが、それほど厳格ではなく、将軍以外の男子も出入りはできた。

それが変わったのは三代将軍家光のときであった。

生まれつき病弱で、覇気のなかった家光は三代将軍としてふさわしくないと、父母たちから冷遇されていた。それを家光の乳母だった春日局《かすがのつぼね》がひっくり返した。弟忠長《ただなが》に三代将軍の座を奪われかけた悔しさから自害をはかった家光を見た春日局が、決死の策を打った。

家光の乳母として江戸城から出ることが許されていない身でありながら、ひそかに箱根をこえ駿河《するが》まで出向き、家康に哀訴した。

春日局の訴えを、新たな秩序を世に示す好機と考えた家康は、実力で権を奪い合う乱世に代わる泰平の基準として長幼の差を持ち出し、家光を嫡流とした。

こうして家光は三代将軍となった。

春日局は、三代将軍家光の生みの親となったのだ。家光は最大の感謝をこめて、春日局を江戸城奥総取締とした。これが大奥の始まりであった。

家光を将軍とした功績で春日局に与えられた権は、死後もそのまま大奥に遺され、表からの干渉を防ぐ原動力となっていた。ただし、将軍乳母という地位は、春日局以降設けられず、大奥の主は将軍の正室御台所と代わっている。

「主は信子だろうが……信子は飾りだ。吾《わ》が兄家綱さまと同じ」

綱吉が口をゆがめた。

「…………」

柳沢吉保が黙った。

「そして、伝もな」

伝とは、綱吉の側室お伝の方のことである。旗本小谷正元《こたにまさもと》の娘伝は、館林家へ奉公しているときに、綱吉に見そめられ側室となった。綱吉が手を付けた女のなかで唯一懐妊し、鶴姫と徳松を生んだこともあり、寵愛《ちょうあい》を一身に受けている。大奥でも館を構える御台所鷹司信子に次ぐ規模の局を与えられていた。

「お伝の方さまも」

少し意外だという顔を柳沢吉保がした。

「伝はな、美貌《びぼう》だが、あまり賢い女ではない」

寵愛の女を綱吉は厳しく評した。

「…………」

「わからぬか」

驚いたような顔をしている柳沢吉保へ、綱吉が尋ねた。

「天和二年（一六八二）の騒ぎを……覚えておらぬか」

「……天和二年でございまするか。小谷権太郎《ごんたろう》の」

すぐに柳沢吉保は思い当たった。

「そうだ。伝の兄の権太郎よ。あやつが殺されたとき、伝が狂ったように躬《み》に願った。兄を殺した者を捕まえて罰してくれと」

綱吉がため息をついた。

将軍の側室となったお伝の方は、旗本の娘とされているが、そのじつは黒鍬《くろくわ》者の出であった。

黒鍬者は、戦国のころ活躍した山師を祖とする。武田信玄《たけだしんげん》の戦を支えた甲州金山を開発した甲斐《かい》黒鍬者がとくに知られているが、徳川家の発祥の地三河《みかわ》にも黒鍬者はいた。

幕府に組みこまれた黒鍬者はかつての山師から一転して、江戸市中の路を差配する役目となった。とはいえ、身分は軽く、名字帯刀さえ許されない小者扱いであった。

本来ならば綱吉の側にあがれる身分ではなかったが、それをこえるだけの美貌を伝は持って生まれていた。

一目で伝を気に入った綱吉が手を出した。それだけならまだしも、綱吉の子を二人も産んだ。お伝の方は側室からお腹さまへと出世したのだ。こうなれば、その出自が低くては困る。そこでお伝の方の父、権兵衛《ごんべえ》に小谷の姓を与え旗本にした。権太郎は、その小谷家の跡継ぎであった。

妹のお陰で、小者から旗本になり、禄《ろく》も与えられた。本来ならば、妹の迷惑にならないよう、身を律して生きていかねばならないのだが、権太郎は違った。明日《あした》喰いかねていた小者から、一気に裕福な旗本になった。さらに周囲からもてはやされ、気がうわずってしまった権太郎は、金に飽かせて酒を飲む、女を買う、博打《ばくち》をすると非行に走った。

なかでも権太郎は博打にとりつかれた。毎夜屋敷に帰ることなく、賭博《とばく》場で寝泊まりするようになった。が、将軍の愛妾《あいしょう》お伝の方の兄ということで、町奉行所も手出しができない。図に乗った権太郎はいっぱしの遊客を気取って我が物顔で博打場を闊歩《かっぽ》したあげく、同じように出入りしていた御家人に喧嘩《けんか》を売り、返り討ちにあった。そう、斬り殺されてしまったのだ。

兄の末路を聞いたお伝の方は、その場から逃げ出した御家人小山田弥一郎《おやまだやいちろう》の行方を追うように、閨《ねや》で綱吉にねだった。

話を聞いた綱吉はあきれた。

「小山田を手配するには理由が要る。権太郎の素行を明らかにすることになるのだぞ。

小谷家の恥を晒《さら》すはめになる」

「いいえ。兄の敵を討たずして、なんの旗本でございましょう。どうぞ、小谷の家を哀れと思し召して」

綱吉の説得もお伝の方には届かなかった。

「町奉行に命じよう」

男は閨での女に弱い。綱吉はお伝の方の願いを聞かざるをえなかった。

曲がりなりにも綱吉の跡継ぎ徳松の伯父となる権太郎である。町奉行所は必死で探索し、なんとか小山田弥一郎を捕まえた。

「むごたらしい死を」

捕まったと聞いたお伝の方がさらに願った。

喧嘩のうえで相手を殺した。武家なら切腹となる。切腹は武士にとって名誉ある死に方であった。それさえもお伝の方は許さなかった。

「将軍世子の外伯父を殺害した廉《かど》で獄門に処す」

綱吉の指示を受けて町奉行所は小山田弥一郎を御家人ではなく、浪人として扱ったうえ、首を刎《は》ねた。

「吾が子を唯一産んでくれた女だ。躬も甘かったのは否定せぬが……伝は実家のことを考えれば我慢するべきであった」

綱吉が嘆息した。

事実、一部始終を知った常識ある人々からお伝の方の実家は名を惜しめぬ出自の卑しき者として白眼視されていた。

「では、いかがいたしましょう」

「新しい女を、頭のいい女を大奥へいれるしかない」

綱吉が言った。

「しかし、そのような女など……」

思い当たる女がないと柳沢吉保が、目を伏せた。

「女のことは女に任せればいい。信子にさせよう」

綱吉が述べた。

第二章　女の診立

一

開業医は、八方美人でなければならなかった。言葉は悪いが、患者は医者に病全般への対処を要求する。

腰が痛い、風邪を引いた、胃が悪い、耳が聞こえにくくなったなど、それぞれ専門の医者がいるが、まずそこへは行かず、馴染《なじ》みの医師を訪れる。

「さすがに、無理だ」

良衛は訪れた患者を断った。

「産科はまったく学んでおらぬ」

「そんなことを言われずに……ご新造さまがお腹が痛いと苦しんでおられるのでございますよ」

首を左右に振る良衛に、手代らしい若い男が縋《すが》った。

「ご新造どのは、産み月なのであろう。そのご新造どのが、腹痛を訴えられるとなれば、お産しかあるまい。愚昧《ぐまい》は外道が専門でな、赤子を取りあげた経験はないのだ」

良衛はもう一度説明した。

「それが、お産を経験している女中によりますと、普通じゃない苦しみ方だとかで、産婆では間に合わない、医者だと旦那《だんな》さまが」

手代が言いつのった。

「店はどこだ」

「その辻《つじ》を曲がった大通りの木戸手前、佐渡屋《さどや》でございまする」

問われて手代が答えた。

「佐渡屋、味噌《みそ》問屋のか」

「へい」

確認した良衛に手代が首肯した。

「わかった。できるかどうかはわからぬが、行こう」

求められれば医師は受けなければならない。

「ありがとう存じまする」

役目を果たせたと手代がほっとした。

「先生、お供を」

弟子入りして以来、毎日のように屋敷へ通ってきている吉沢竹之介が願った。

「三造《さんぞう》、道具箱を」

「へい」

「薬はいかがいたしましょう」

「診てからでよい」

問うた吉沢に良衛は告げた。

「駕籠《かご》へ」

手代は駕籠を連れてきていた。

これも常識であった。自前で持っているような有名な医者は別だが、通常の町医者を急病で招くときは駕籠を用意するのは患家の仕事であった。

「走ったほうが早い」

剣術の修行も積んでいる。良衛は駕籠を断った。

「後から来い」

手代に言い残して、良衛は走った。

「おう」

「…………」

吉沢と三造が続いた。

「なんと風のような」

置いていかれた手代が唖然《あぜん》と見送った。

佐渡屋までは、たばこを二服するほどの間で着いた。

「ごめん。矢切良衛という医者だ。こちらに呼ばれたのだが」

暖簾《のれん》を潜って、良衛は名乗った。

「先生、よくぞおこしで。左吉《さきち》は……」

番頭らしき壮年の男が、迎えにいったはずの手代を探した。

「急患のようゆえ、走ってきた。すぐに帰ってくるだろう。それよりも患者のところへ案内を」

説明した良衛が急《せ》かした。

「奥へ」

番頭が先に立って案内した。

「旦那さま、お医師さまがお出でくださいましてございまする」

奥座敷の廊下に座る手間を惜しんで、番頭が声をかけた。

「お入りいただけ」

間髪を容れず、襖《ふすま》がなかから開いた。

「お邪魔する」

良衛は座敷に足を踏み入れた。

「矢切良衛という。佐渡屋どのか」

「はい。佐渡屋伊助《いすけ》でございまする。このたびは無理を申しました」

商人らしく、佐渡屋が頭を下げた。

「ご新造どのは、あちらか」

「お願いいたしまする」

「拝見する。説明をお願いしたい」

座敷の奥で横たわっている若い女へ近づきながら、ついてきた佐渡屋に良衛は経緯を問うた。

「ご覧のとおり、家内は妊娠しておりまして。産婆によりまするとこの月の初めごろに生まれるだろうという話でございました」

「この月の初めか。半月以上遅れているのだな。で」

新造の脈を取りながら、良衛は先を促した。

「それが今朝から、腰が痛いと申しました。やがて痛みが腹へ移ったということで、産婆を呼びにやりました」

佐渡屋が新造の足下に控えている中年の女を見た。

「はい。隣町玉屋店《たまやだな》で産婆を営んでおりまする、としてございまする」

産婆が頭をさげた。

「おぬしの意見を聞きたい。お産としては異常か」

「はい。陣痛は波のように来ては引きを繰り返すものでございまする。その波の間隔が短くなり、痛みがきつくなることで、子が生まれるときを報せまする。それが、ご新造さまの場合、いきなりの激痛で、波のようなという増減もございませぬ」

訊《き》かれたとしが答えた。

「ご新造どの、話はできようか」

「……はい」

脂汗を浮かべながら、新造がうなずいた。

「もっとも痛いところはどこだ」

「左の腰あたりでございまする」

新造が震えながら右手で腰に触れた。

「腎《じん》か脾《ひ》の位置か」

良衛が呟《つぶや》いた。

「ご新造は初産か」

「産婆どのか」

「いいえ。二年前に娘を」

新造が二度目だと言った。

「としどのよ。念のために、ご新造の陰部を診てくれ。出産の傾向はないかどうかを確かめたい」

「さきほども見ましたが、まだ」

としが否定した。

「となれば、ますます腎か脾であるな。小水は出ているかの」

「あまり」

「尿に血が混じっていたりはせなんだか」

「このように腹が出ておりますれば、見えませぬ」

新造が首を左右に振った。

女は男と違い、排尿口が体内にあるため、もともとその様子を自分で確認しづらい。ましで妊娠後期となり、腹が突き出てくれば、まず見ることはできなかった。

「このような症状は初めて」

「…………」

声を出すのもきついのか、新造は無言で首肯した。

「少し横を向いてくだされよ」

手伝いながら、良衛は新造を左に向けた。

「ここらあたりが痛まれる」

「……はい」

「痛みは背中全体に拡がるような」

「前にも響きまする」

か細く新造が続けた。

「なるほど」

「先生、わかりましたので」

佐渡屋が身を乗り出した。

「確定とまではいきませぬが、おそらくは」

「か、家内は大丈夫で」

述べた良衛に、佐渡屋がすがるような目をした。

「まず命に別状はない」

「ああ、ありがたい」

佐渡屋が安堵《あんど》のあまり座りこんだ。

「ただ、今すぐ痛みを取る方法がない」

よい話を先に出した良衛は、悪い話を続けた。

「えっ」

「この痛みは、頓服《とんぷく》でも和らぐかどうか」

「なんとかなりませぬか。このままでは家内がもちませぬ」

汗を掻《か》きげっそりとやつれた妻の姿に、佐渡屋が取り乱した。

「産婆どのよ。出産はいつごろになりましょう」

佐渡屋に応じず、良衛はときに尋ねた。

「もういつお生まれになられても不思議ではございませぬ。ご新造さまの内も熱くなってきておりまするので、今日明日というところでございましょうか」

ときが推測した。

「出産が近くなると、陰部が熱くなると」

初めて聞く情報に、良衛は身を乗り出した。

「百人以上取りあげてきた経験からでございますが、出産が近づけば、女のそこは熱くなり、手触りも柔らかくなるようでございまする」

ときが自慢げに語った。

「なるほどな」

「先生」

感心した良衛に、佐渡屋が声を尖《とが》らせた。関係のない話で手間を取るなと怒っていた。

「すまぬ。ご新造は、石を抱えておられる」

「石……」

佐渡屋が首をかしげた。

「うむ。五臓の一つ腎は尿を作る。知っているかどうか、尿とは便と同じで、摂取したもののなかで要らぬものだ。要らぬものとは、摂りすぎたものも含まれる。日頃から塩辛いものばかり食べていると尿のなかの塩が増える。その塩が固まったものを石と呼ぶ。もちろん、塩以外のものでも石はできる。一例だと思ってくれ」

「はあ、人の身体のなかで石ができる」

よくわからないといった顔で佐渡屋が述べた。

「腎で作った尿は、出すまで体内にある膀胱《ぼうこう》という袋で保存される。でなければ、絶えず垂れ流すことになるからな。さて、膀胱の尿がまめに出されないと、ためている間に塩などが濃くなって固まって石を作るのだ。そうよな、濃い塩水を鍋《なべ》にかけてみるがいい。水がなくなったあとに白い粉が吹いているだろう。あれとよく似た形で石ができる」

「たしかに、鍋をふきこぼしても白いものができますな」

少し佐渡屋が理解した。

「できた石が小さければ問題はない。そのまま小水と一緒に出ていく。だが、大きいと詰まる」

「家内はそれだと」

「いや、説明しやすいので膀胱を使ったが、ご新造どのは、腎から膀胱へつながっている管に石が詰まったのだろう。それも妊娠のせいで」

「えっ」

「それは」

良衛の言葉に佐渡屋ととしが反応した。

「この辺にある腎臓から、小さな管が膀胱までつながっている」

自分の身体を使って、良衛は解説した。

「この管に石が詰まっているのだろう、ご新造どのは」

「なぜそれが妊娠のせいだと」

としが疑問を口にした。

「普段まっすぐな管が、妊娠したことで大きくなった子宮《こつぼ》に押されて曲がってしまったのではないか。曲がってしまったことで尿の流れが悪くなり、その角に石が引っかかったのだろう。出産が遅れたことで、子が大きくなりすぎたのも影響していよう」

「そのようなことが……」

教えられたとしが、目を輝かせた。

「小水が出なくなっても大事ないのでございますか。よく小水がでなくなれば、人は終わりだなどと申しますが」

もう一度不安を表情に貼り付けて佐渡屋が良衛を見あげた。

「腎《じん》から膀胱へつながっている管は左右二本ある。一本が詰まっても死ぬことはない。それに石を管に詰めても、完全に水を止めるのは難しいだろう。それと同じだ。ご新造も言われていたろう、小水は出ていると」

「あ、ああ」

思い出した佐渡屋が手を打った。

「ご新造どのよ。子が生まれれば管への圧迫が減って、管がまっすぐになり石も流されよう。ただ、それまでこのままでは辛すぎよう」

「……なんとか」

涙を浮かべて新造が願った。

「薬を用意してくるゆえ、しばし待っておられよ」

良衛は一度佐渡屋を出た。

「頓服は効かぬと仰せでございましたが、どのような薬を」

屋敷に戻り診療室へ入ったところで、待ちかねていたように吉沢が訊《き》いてきた。

「痛みを止められぬならば、気づかぬようにすればよい」

「えっ」

言われて吉沢が驚いた。

「眠らせるのよ。人は寝ていれば、痛みを感じにくくなる」

良衛は述べた。

「眠り薬を処方すると」

「ああ」

確かめる吉沢に良衛はうなずいた。

「ご新造の症状からいくと、半夏厚朴湯《はんげこうぼくとう》ではよろしくございませぬな。酸棗仁湯《さんうにんとう》か、帰脾湯《きひとう》でございましょうか」

吉沢が薬の名前を出した。

「よくご存じである」

良衛は吉沢を褒めた。

「半夏厚朴湯は、喉《のど》のつかえなどがあり、息がしにくいときに使うもの。今回は当てはまらぬ。漢方ならば、おぬしの言うとおり、酸棗仁湯か、帰脾湯の適応であろうが……」

薬箪笥《だんす》の一つに向かった良衛は、懐から鍵《かぎ》を出した。

「鍵つき……」

吉沢が驚いた。

「ああ。おぬしは初めて見るのであったな。これは、杉本忠恵先生より贈られた貴重薬を保存している引き出しでな。数が少ないゆえ、こうやって仕舞っている」

言いながら、良衛は引き出しから油紙を出した。

「少し離れていてくれ。息がかかっては困る」

良衛も口に布をあてた。

「はい」

素直に吉沢が一間（約一・八メートル）ほど引いた。

「……………」

無言で良衛は油紙をほどいた。

「水晶……それにしては濁っている……」

現れたものを見た吉沢が口にした。

「……………」

息を殺して、良衛は結晶の角を匙《さじ》で削り取った。小さなかけらを先の尖った竹箸《たけばし》で摑《つか》み、薬研《やげん》へと移して、結晶を念入りに油紙へと戻した。

「ふうう」

止めていた息を、良衛は再開した。

「さて……」

別にした結晶を、良衛は薬研で細かく砕いた。

「三造」

「へい」

控えていた三造が三寸角の油紙を三つ出した。そこへ、良衛が細かくした結晶の粉を三等分した。

「包んでくれ」

「お任せを」

三造が油紙を三角に折り、さらに左右の角をなかへ折りこみ、そこへ残った一角の先を差しこむように曲げ入れた。

「これを届けてくれ。飲みかたはぬるま湯に溶かして、ゆっくりと飲むように。あと、一度使えば、半日は空けること」

服用法を良衛は三造に伝えた。

「わかりましてございまする。では、行って参りまする」

三造が診療室を出ていった。

「先生」

吉沢が近づいてきた。

「その薬を見せていただけませぬか」

「悪いな。水を吸いやすく、湿気ると使えなくなるのでな」

やんわりと良衛は拒否した。

「……残念です」

悔しそうに頬《ほお》をゆがめながら、吉沢が納得した。

「では、お教えいただけましょうか、あれはなんなのでございましょう」

代わって吉沢が詳細を求めた。

「しばし待たれよ」

吉沢を制して、良衛は薬をもとの引き出しに戻し、鍵をかけた。鍵は袱紗《ふくさ》に包んで懐へしまう。

「…………」

その様子を吉沢が瞬きもせず見つめていた。

「さて、あれは南蛮薬でござる」

腰を下ろして良衛は告げた。

「南蛮薬……あれが」

吉沢が息を呑《の》んだ。

「さよう。それも昨年の船で我が国に初めて到来した新薬でござる」

「初めての。それを先生が」

「いや、杉本先生のもとへ、長崎《ながさき》奉行さまをつうじて届けられたもの」

「なんと長崎奉行さま」

長崎奉行は、幕府遠国奉行のなかでも格が高い。役高千五百石ながら、役料四千俵、長崎までの旅費として千両が支給された。オランダや清など、交流のある国との交渉役だけでなく、九州探題として外様大名たちの監督もおこなった。その困難な職務を果たした後は、勘定奉行へと出世していく者も多い。

「天和三年に致仕されたとはいえ、杉本先生は幕府蘭法医の頂点に立たれるお方。そこへ長崎から入ってきたばかりの新薬が回されるのは当然であろう」

良衛が言った。

杉本忠恵は、長崎の出身である。転び伴天連《バテレン》の沢野忠庵《さわのちゅうあん》にオランダ流外科術を学んだ。寛文六年（一六六六）、その腕が卓越していると知った幕府に招かれ、家綱の侍医として二百俵を給された。天和三年、家督を息子に譲って、第一線から退いたが、その影響力はいささかも衰えていなかった。

「その新薬を先生はいただかれた」

「ありがたいことだ」

良衛は小さく頭《こうべ》を垂れた。

杉本忠恵を師と仰ぐ蘭法医は多い。そのなかで良衛はとくに目をかけられていた。

「眠り薬でございますな」

「ああ、なんでも三十年ほど前に南蛮で開発されたばかりのものだそうだ。はいでらいいとくろらえるというらしいが、忠恵先生は宝水《ほうすい》と呼んでおられる。漢方にはない劇的な効果を発揮するとのこと」

「宝水……。お値段はいかほど」

「知らぬ。拙者はいただいただけだからな。だが、売るとなれば一回分で数両はするだろう。なにせ、あとは忠恵先生のもとにしかないのだからな。もっとも他に与えられた弟子がいるやも知れぬが」

良衛ははっきりと断言できなかった。

「それほどまで、先生は杉本先生のご信用を受けておられる」

「不肖の弟子だから、気にかけて下さっておられるだけよ」

讃えられて良衛は、謙遜《けんそん》した。

「いえ、あらためてわかりましてございまする。わたくしが先生を師と仰いだことがまちがいでなかったと」

吉沢が自賛した。

「さて、朝から佐渡屋にかかりきりだったが、患家もお見えのようだ。診療を再開しよう」

「はい」

良衛の言葉に吉沢が首肯した。

二

表御番医師は一日宿直《とのい》をすませると、二日の休みが与えられる。佐渡屋の新造の治療で、一日目はほとんど潰《つぶ》されてしまったが、二日目はいつもと同じ朝五つ（午前八時ごろ）には治療を開始できた。

「先生、指が曲がらなくなってしまいやした」

最初は大工であった。

「どれ、見せてみろ……金槌《かなづち》で指を打ったな」

「おとつい、手元がくるいやして」

大工が頭を掻《か》いた。

「骨は折れていないようだが、ひびが入ったのだろう。骨がくっつくまで、あまり力仕事はするな」

指示しながら、良衛は手早く指に晒《さらし》を巻いた。

「折れてないので、副木はせぬ。そうだな。十日したら、見せにこい。状態がよければ、晒を解いてやる。それまでは指を曲げようとするなよ」

「へい」

うなずいた大工が帰っていった。

「次の方」

「先生、昨日はどうもありがとうございました」

入ってきたのは、佐渡屋であった。

「おう。ご新造はどうであった」

良衛は尋ねた。

「おかげさまでいただいたお薬を飲みましたところ、すぐに眠りにつきまして、そのあと昨夜遅くに目覚めて、無事出産いたしました」

「おめでとうござる。で、お二方は」

報告を受けて、良衛は母子の状況を問うた。

「二人とも元気にしております」

「それはよかった」

良衛もほっとした。

「なにはともあれ、まずは先生にお礼をと思いまして。これは些少《さしょう》でございますが、お薬代でございまする」

佐渡屋が袱紗包みを取り出し、そのまま良衛のほうへ押し出した。

「早々とかたじけない」

良衛は袱紗を開いた。

医者は僧侶《そうりょ》と同じ扱いである。当然、医術も僧侶の施しとされ、代金をもらわない慣例であった。そこで、医者への謝礼は治療代でなく、使用した薬の代価という形を取った。

「……これは」

袱紗を開いた良衛は一瞬目を大きくした。袱紗のなかには小判が十枚入っていた。

「過分ではないか」

思わず良衛は佐渡屋の顔を見た。

「いえ。先生でなければ、家内は痛みの苦しみでどうなっていたかわかりませぬ。産婆にも言われました。あのままでは、出産の辛さに耐えられたかどうかわからぬと。先生には、家内と跡継ぎの命を救っていただきました。このくらいではまだ足りませぬ」

佐渡屋が頭を下げた。

「跡継ぎと言われたな。男の子であったか。それはなにより」

良衛は祝いを口にした。

「はい。最初が娘でございましたゆえ、次は男をと願っておりましたのが、かないましてございまする」

うれしそうに佐渡屋が述べた。

「では、遠慮なくいただこう」

金を受け取り、良衛は袱紗《ふくさ》を佐渡屋へ返した。

「どうぞ、これからもよろしくお願いをいたしまする」

佐渡屋がていねいに腰を折った。

「いや、こちらこそ、よしなに」

良衛も頭を垂れた。

「では、これで」

佐渡屋が帰っていった。

「次の方には、しばしお待ちをいただいてくれ」

金を懐に、良衛は奥へと入った。

「弥須子《やすこ》」

「旦那《だんな》さま、どうなさいました」

奥で縫いものをしていた妻の弥須子が顔を上げた。

「薬代をいただいたのでな」

懐から良衛は小判を取り出した。

「……八両も」

数えた弥須子が驚いた。

「表通りの佐渡屋どのが、ご新造の薬代だとな」

「昨日の急診療のお相手でございまするな」

弥須子も知っていた。

「うむ。これからもよろしくとの挨拶《あいさつ》もこめてのことだそうだ」

「まあ、一軒かかりつけが増えました。表通りの商家ともなりますと、盆暮れの挨拶もきちっとしてくださいましょう」

弥須子が喜んだ。

「では、吾《われ》は診療に戻る」

金を渡した良衛は、診療室へと足を向けた。

「ありがとうございまする」

弥須子が見送った。

良衛の妻弥須子は、幕府典薬頭今大路兵部大輔妾腹《しょうふく》の娘であった。今大路兵部大輔は曲直瀬《まなせ》流本道の継承者として江戸の医療を牛耳っているが、その古典ゆえの硬直に気づいていた。かといって天皇や織田信長《おだのぶなが》、豊臣秀吉《とよとみひでよし》らの治療をしたという伝説の名医の名前を捨てることはできない。そこで今大路兵部大輔は、妾腹の娘を嫁にやることで、最新の医術であるオランダ流外科術を学んだ良衛を一門に迎え、医術の停滞をなんとかしようとした。

「機嫌はよくなったな」

診療室へ帰って良衛は安堵《あんど》の息を吐いた。

美しさで今大路兵部大輔の妾《めかけ》となった母の血を色濃くひいたのか、弥須子は衆に優れた美貌《びぼう》であった。しかし、妾の子として蔑《さげす》まれてきた弥須子は、本妻から生まれた姉たちへの不満を抱えていた。姉たちが名門旗本や名のある医者の家へ嫁に出たのに対し、格下の御家人医者のもとへやられた弥須子は、なんとしてでも姉たちを見返したいと、良衛を将軍の侍医である奥医師とすることに執念を燃やしていた。

そのためか、出世に興味がなく、医術を磨きたいと考えている良衛の尻《しり》をいつも叩《たた》いていた。

「二両……」

良衛は懐から隠しておいた小判を出した。

医者をしているとはいえ、もともとは百八十俵の御家人でしかない。当主といえども、自在になる小遣いなどなかった。

「なにを買うかの」

小さく呟《つぶや》いて、良衛は小判をふたたび懐に仕舞った。

将軍綱吉は柳沢吉保の警告を受けた後も、変わることなく大奥へ通っていた。

「上様」

お伝の方が、閨《ねや》のなかで甘えた声を出した。

「なんじゃ」

一度抱いた後の疲れにまどろみながら綱吉が問うた。

「もう一度お情けをいただきとうございまする」

「放ったばかりだぞ」

続けざまのねだりに綱吉はあきれた。

「ふしだらの誹《そし》りを受けてもかまいませぬ。上様、わたくしが鶴姫さまを腹に宿したときのことを思い出して下さいませ」

言いながら、お伝の方が綱吉の左手を取り、胸乳の上に誘った。

「鶴が生まれたころか。もうずいぶんと前の話だの」

柔らかい乳房をもてあそびながら、綱吉が目を細めた。

「あのころ、上様はわたくしをお召しになられ、一夜中お情けをくださいました」

「若かったからじゃ」

綱吉が苦笑した。

「ですが、おかげでわたくしは鶴姫さま、徳松さまを……」

徳松の名前を出したところで、お伝の方が詰まった。

「…………」

黙って綱吉がお伝の方を抱き寄せた。

「もう一度、吾《わ》が子を産みたいと申すか。うれしいことを言う」

「是非に」

のし掛かってくる綱吉を、お伝の方が受け入れた。

将軍の子供を産めば、お腹さまと称号が変わり、扱いも一族に準じたものになる。ただの使用人である側室には許されない朝までの添い寝も、お伝の方には認められていた。

「お目覚めでいらっしゃいまするか」

「……起きた」

将軍の起床は表であろうが、大奥であろうが明け六つ（午前六時ごろ）と決められている。昨夜の疲れからか、綱吉の目覚めは悪かった。

「おすすぎを」

お伝の方につけられている中臈《ちゅうろう》が、黒漆塗りの手桶《ておけ》に白絹の布、黒柳の房楊枝《ようじ》、房州砂《ぼうしゅうずな》を用意していた。

「うむ」

綱吉は桶《おけ》に張られたぬるま湯で顔を洗い、白絹の布で拭《ふ》いた。

「上様」

房楊枝に砂をつけて、お伝の方が差し出した。

「……………」

受け取って綱吉が、房楊枝を口に入れて、歯磨きを始めた。

「こちらへ」

中臈が洗口用の手桶で、綱吉のうがいを受けた。

「お着替えを」

綱吉が歯磨きをしている間に、身形《みなり》を整えたお伝の方が綱吉を促した。

「わかった」

立ちあがった綱吉に中臈たちが群がり、夜着を脱がせ、小袖《こそで》と袴《はかま》に着替えさせる。

「お羽織を」

最後にお伝の方が、綱吉に黒の羽織を着せかけた。

「大儀である」

中﨟たちをねぎらった綱吉が、大奥における将軍の居室である小座敷を出た。

将軍には朝餉《あさげ》よりも先にしなければならない行事があった。先祖を祀《まつ》った仏間への参拝である。こればかりは、表で寝た翌日であろうとも変わらなかった。

「お成りでございまする」

綱吉の前を歩いていた中﨟が、大声をあげた。

「承ってそうろう」

返事がして、襖《ふすま》が左右に引き開けられた。

「健勝そうだの」

すでに仏壇の前に座している御台所鷹司信子へ綱吉は声を掛けた。

「ご機嫌うるわしゅう」

信子も軽く頭を下げ、挨拶を返した。

「昨夜も伝をお召しになられたとか」

隣に座った綱吉に信子が話しかけた。

「なにとぞ他の女もお召しくださいませ。伝もそろそろ褥《しとね》を遠慮させねばなりませぬゆえ」

信子が苦情を申し立てた。

褥遠慮とは、おおむね三十歳になった女が、閨に侍《はべ》るのを辞めることをいう。危険な高齢出産を避けるため設けられたものといわれるが、そのじつ、一人の女が将軍の寵愛《ちょうあい》を独占しないようにするためのものであった。

「他の女は、孕《はら》まぬ」

綱吉が不快げに吐き捨てた。

将軍としてなによりの責務は、世継ぎを作ることであった。兄家綱が世継ぎなく死んだために、五代将軍として綱吉が館林藩から入った。赤の他人ではなく、家康の系統は続いたが、政の継承はなされなかった。家綱の御世、政を預かっていた大老酒井《さかい》雅楽頭忠清《うたのかみただきよ》は、綱吉によって遠ざけられたのだ。誰を五代将軍にするかで、酒井雅楽頭が綱吉の敵に回ったための報復人事であったが、政《まつりごと》の責任者の更迭は、大きな混乱をまねいた。

これがもし実子による継承ならば、父親の政を担っていた執政たちは、そのまま権力の場にあり続けることが許される。二代将軍秀忠の大老土井《どい》大炊頭《おおいのかみ》利次《としつぐ》や、三代将軍家光の老中筆頭松平伊豆守信綱らが、次の世でも執政であり続けたのがいい例であった。

「お通いくださる回数が少ないからではございませぬか」

信子が指摘した。

「…………」

昨夜、お伝の方から回数を強請《ねだ》られたばかりである。綱吉は思い当たるだけに、反論できなかった。

「上様のお好みに口出しをいたすつもりはございませぬ。しかし、伝ばかりご寵愛なさるのは、大奥を預かる身としては、あまりよろしくないとご意見申しあげるしかございませぬ」

「考えておく」

理は信子にあった。綱吉は苦い顔で首肯するしかなかった。

「御台所さま」

仏間を預かる清の中臈が合図をし、参拝が始まった。

法事ではない。僧侶《そうりよ》の読経《どきよう》もなく、ただ将軍と御台所が並んで、先祖の位牌《いはい》を拝むだけである。あっさりと行事は終わった。

「では、上様、本日も御政務にお励みを」

「少しよいか」

いつもどおりの言葉を口にした信子を綱吉が遮った。

「なにか」

信子が驚いた。

「他人払いを」

「……………」

綱吉の求めに、信子が首をかしげた。

「そなたの信頼する上臈一人なら、残してよい」

無言が信子の抗議だと気づいた綱吉が折れた。

「宇治野《うじの》」

「はい」

呼ばれた上臈が一礼し、一同へと顔を向けた。

「遠慮いたせ」

「なりませぬ」

二人の女中が反対を口にした。

「わたくしどもはお仏間を預かっておりまする。お仏間を離れることはできませぬ」

仏間担当の清の中臈であった。

将軍と御台所の先祖の位牌が祀られている仏間は清浄でなければならなかった。そのため、仏間担当となる中臈は、あるていどの家柄の娘から選ばれるだけでなく、男を知らない未通女でなければならなかった。そのことから清の中臈とも呼ばれた。

また徳川にとって神とされる家康の位牌を取り扱うことから、その格は高く、上臈同様の発言力を持っていた。

「そなたたち……」

反抗された宇治野が顔色を変えた。将軍の命に逆らわれたのだ。このままにしておくわけにはいかなかった。

「待て」

綱吉が宇治野を抑えた。

「今はときが惜しい。この者たちへの罰は後にせよ。隣の座敷は使えるな」

「……しばしお待ちを」

宇治野自らが、仏間に隣接する座敷を見にいった。

「そなたらは、誰が主かわかっておらぬようだ」

その間に綱吉が、仏間担当の中臈をにらんだ。

「それほど仏壇が大事ならば、尼寺へ行くがいい」

「……それは」

大奥から放逐すると言った綱吉に、中臈たちが顔色を変えた。尼寺に出されてしまえば、好きな衣服を着ることも、贅沢《ぜいたく》な食事を摂ることもできなくなる。なにより、禄《ろく》を失う。

「わたくしどもは任に忠実であっただけでございまする。御台所さま」

中臈が信子に助けを求めた。

「その任を与えたのは、誰ぞ」

信子の声は冷たかった。

「…………」

中臈は口をつぐんだ。

「とはいえ、役目に忠実であろうとしたのはたしか。上様、尼寺行きは許してやってくださいませ。妾《わらわ》に免じて」

「大奥はそなたの場所。任せる」

「……かたじけのうございまする」

一瞬の間を置いて、信子が礼を述べた。

「上様のご温情である。仏間担当をはずし、中臈の格を落とす」

「……えっ」

信子の取りなしに喜色を浮かべていた中臈たちが啞然《あぜん》とした。中臈は、年寄、上臈、お客あしらいなどよりも格下であるが、大奥ではかなりうえになる。与えられる手当も大きいうえに、自分専用の局《つぼね》を持つことも許された。局を持てば、専用の女中を雇える。つまり食事の用意や洗濯などの雑用をしなくてすむ。それらの特権をすべて奪われるのだ。中臈たちが呆然《ぼうぜん》となるのも当然であった。

「中臈でなくなったのだ、この仏間に入ることはできぬ。そうそうに出ていけ」

容赦なく信子が手を振った。

「御台所さま」

すがるような中臈に、信子は氷のような目を向けた。

「仏間を出るか、大奥から出ていくか、どちらでも好きにするがいい」

「……ご無礼いたしましてございまする」

これ以上はかえって状況を悪化させると悟った中臈たちが出ていった。

「用意が調いましてございまする」

宇治野が戻ってきた。

「いや、このままここでよかろう。邪魔するものはいなくなった。ご苦労であった」

綱吉が宇治野をねぎらった。

「はい」

信子も同意した。

「どう思う」

「女中どもの態度でございますな」

さすがに信子は先ほどの仏間中臈たちの態度のことだと察していた。

「さすがだな」

綱吉が感心した。

「躬《み》が確かめたわけではないが……」

声を綱吉が潜めた。

「先日、御広敷伊賀者が大奥の警固についていたとき、襲われたそうだ」

「……まことに」

聞いて信子が絶句した。

「表御番医師が確認したそうだ」

「御広敷伊賀者は、大奥の守りを担っておりますが、その伊賀者がなにか不埒《ふらち》を働いたということは」

信子が問うた。大奥の主たる御台所としては、配下の女中を疑いたくないのだ。

「そのような報告を、信子は受けておるか」

「……いえ」

「そなたはどうだ」

首を力なく左右に振った信子から綱吉は宇治野へと目を移した。

「いいえ、わたくしのもとにもそのような話は届いておりませぬ」

宇治野も否定した。

「わたくしに聞かせるほどのことではないと考えたのではございますまいか」

信子はまだ信じきれていなかった。

「それも問題であろう。主は飾りでは困ろう」

綱吉があきれた。

「宇治野、調べなさい」

「調べまする」

命じられた宇治野が承諾した。

「目立たぬようにいたせよ」

「承知いたしておりまする」

綱吉の助言に宇治野が首肯した。

「わかったであろう、信子」

「はい」

言われて信子が首を縦に振った。

「伝は信じられると」

「うむ。館林から躬に仕え、二人も子をなしたのだ。伝ほど信用できる女は、おるまい。もちろん、信子をもっとも信じておる」

「かたじけのうございまする」

綱吉の気遣いに、信子が小さく笑った。

「ただ、伝は隠しごとのできぬ女だ。伝にこの話を聞かせれば、明日《あした》には大奥中の女が知るだろう」

「たしかに」

信子が認めた。

「なんとかできぬか」

「……女を手配せよと」

ただちに信子が理解した。

「そうだ。賢く、さらに策略もできる。そして見目麗しい女を頼む。密かごとを聞くに、閨《ねや》ほど便利な場所はない」

側室にすると綱吉が告げた。

「してみましょう」

信子が受けた。

「では、表に戻る」

「お気をつけてお帰りを」

信子が手をついた。

大奥は将軍の居所ではない。あくまでも将軍は客なのだ。信子は、いってらっしゃいという送り出しの言葉ではなく、帰途の安全を祈るとの挨拶《あいさつ》を口にした。

三

非番の二日目、良衛は午前中の診療を終えて昼餉《ひるげ》をすますと、薬箱を手にして往診へと出かけた。

「お供を」

同行を求めた吉沢に、良衛は手を振った。

「していただきたいことがござる。あらたに届いた医書を読み、従来のものと違う箇所に付箋《ふせん》をつけてくだされ」

「新しい医書……まことでございまするか」

吉沢が身を乗り出した。

医者も剣道場と同様、門弟に対し技術などをそうそう明らかにしなかった。医術は秘伝であり、それを教えてもらうにはかなりの間、修業という名の雑用をこなさなければならなかった。とくに新しい医書は高価であり、弟子たちの手が出るものではなく、師匠が秘蔵するのが普通であった。

それを良衛は読んでいいと言ったのである。吉沢が喜ぶのも当然であった。

「医術は常に新しくなっていく。数を重ねてきた古法をないがしろにするのは、論外なれど、医者を志すものは、新しいものに触れねばならぬ」

良衛はかまわないと告げた。

「ありがとうございまする」

「では、頼んだぞ。もし、患家が来られたならば、夕刻までお待ち願ってくれ」

狂喜している吉沢に言い残して、良衛は往診に出た。

普通の医者は、往診に駕籠《かご》を使う。これは、権威をつけるためと、駕籠賃をもらうためであった。

駕籠で来るほど偉いのだと患者に思わせる。ただの自慢に見えるが、そう馬鹿にしたものではなかった。ああ、こんなに名医に診てもらえると、患者の信頼が得やすくなるからだ。これは大きかった。鰯《いわし》の頭も信心からということわざがあるように、人は気持ちに左右される。名医と信じている医者からもらう薬と、こんな藪《やぶ》と馬鹿にしている医者が出した薬、同じものであっても効能に差が出てくるのだ。

不思議な話だが、事実である。医者にとって、患者の信頼は神の薬よりもたいせつであった。

さらに治療費をもらえない医者の収入が薬代だけでは、厳しい。不足する収入を補するため、医者は駕籠を利用した。

安い料金で駕籠かきを雇い、患者には高額な駕籠代を請求する。その差額が医者の儲《もう》けになる。

良衛も普段は近くの駕籠屋と手を組み、町駕籠を手配しているが、今日は徒歩であった。

禿頭《はげあたま》に薬箱を持っていれば、医者だとすぐにわかる。まして、近隣で良衛の顔を知らない者はいない。

「先生、往診でござんすか」

行き会った大工の棟梁《とうりょう》が声をかけた。

「ああ。明日はまたお城だでな。今日中に回っておきたいのだ」

良衛は笑顔で応えた。

「その後、腕はどうだ」

「おかげさまで、このとおり」

棟梁が右手を大きく振った。

半年前、家を建てているときに材木が倒れ、右肩を骨折した棟梁は、偶然近くにあった良衛の屋敷へ担ぎこまれ、治療を受けていた。

「それは重畳だが、もう若くないのだ。あまり無理をせぬようにな」

「へい。では、先生」

一礼して棟梁が去っていった。

「先生、おでかけでございますか」

すぐに別の患者が現れた。

「おう、女将《おかみ》どのか。調子はどうだ」

「おかげさまをもちまして、息切れもいたしませぬ」

中年の女がほほえんだ。

「痩《や》せたからであろう。太りすぎは心の臓に負担をかける。肉は吾《わ》がものと思っていてはならぬぞ。太っただけ、重い荷物を持っているのだと思わねばな」

「はい。食べすぎないよう、気をつけておりまする」

良衛の指導に、女将がうなずいた。

「薬はまだあるか」

「そろそろなくなりますので、明日にでもお願いしようかと」

「明日は、お城だ。来るなら、明後日《あさって》の昼以降でお願いしたい」

「わかりましてございまする」

「お待ちしている」

医者も客商売である。良衛は愛想よく言って、離れた。

町内を出たとたん、良衛に話しかける人が減った。やはり患者は近隣が多いとの証拠であった。

さらに町内をいくつかこえて、良衛は日本橋小舟町へ出た。

「ごめん」

一軒の小間物屋の暖簾《のれん》を良衛は潜った。

「おいでなさいませ」

番頭が迎えた。

「懐中鏡はあるか」

良衛は尋ねた。

懐中鏡とは、手のひらほどの大きさの鏡である。出先で少し髪型を整えたり、紅を引いたりするために用いられた。

「旦那《だんな》さまがお使いに」

番頭が問うた。

男で懐中鏡を持つ者が昨今増えていた。身形《みなり》に気を遣えば、吉原や深川などの遊郭でもてるからであった。

「坊主頭では、鏡は要らぬぞ」

良衛は苦笑した。

男が化粧をすることはなく、せいぜい髷《まげ》の乱れや形を確かめるだけなのだ。髪のない医者に鏡は不要であった。

「贈りものでございますか。失礼をいたしました」

一礼して、番頭が商品を差し出した。

「失礼ではございますが、いかほどの……」

「一つは二分くらい、もう一つは一両まで」

予算を聞かれた良衛は金額を告げた。

「……では、二分のものが、これとこれ、これというところでございまする。一両のものは……」

番頭が商品を並べ始めた。

「……手にしてよいか」

「どうぞ」

許可を求めて、良衛は懐中鏡に触れた。

「重いな」

二分の鏡を持った良衛は驚いた。

「薄くするのがけっこうな手間でございまして」

安物ほど重いと暗に番頭が言った。

「どれ……たしかにずいぶん違うな」

一両の懐中鏡と比べて、良衛は納得した。

「……どうするか」

良衛は悩んだ。

「最近、このように朱漆を塗った枠のものが流行しております る」

決断できそうにない良衛へ、番頭が勧めた。

「そうか。では、これとこれを」

良衛はあっさりと従った。

「ありがとうございまする。一両と二分いただきまする」

番頭が懐中鏡を箱に入れた。

「二両で釣りを頼む。できれば、小粒金でもらいたい」

「承知をいたしました」

金種を指定した良衛に番頭が首肯した。

小判というのは使いにくい。銭にしておよそ四千文から六千文になるだけに、百文やそこらのものを購《あがな》ったときに出せば釣りの多さに嫌がられる。ちょっとした出店では、釣りがなくて断られることもあるのだ。それでいて、小判を小銭などに両替となると、手数料を取られる。両替商によって違うとはいえ、無駄な出費は避けたい。

「では、商品とお釣りでございまする」

「かたじけない」

受け取って良衛は、小間物屋を出た。

懐に一つ、もう一つを薬箱に仕舞った良衛は、表通りを外れて、細い辻《つじ》へと進んでいった。辻の突きあたりにある、棟割り長屋を良衛は目指していた。

「ご免、おられるかの」

細い通路を挟むように並んでいる長屋の一軒を良衛は訪ねた。

「矢切先生でいらっしゃいますか」

しばらくして長屋の戸障子が開かれた。

「どうぞ」

顔を出したのは、御家人伊田《いだ》七蔵《しちぞう》の後家美絵《みえ》であった。

伊田七蔵は、良衛の患者であったが労咳《ろうがい》を患い、手当の甲斐《かい》なく死去していた。その後、家を継いだ七蔵の弟によって、感染のおそれがある美絵は婚家を追い出された。やはり伝染を懸念した実家からも受け入れを断られた美絵は、一人裏長屋に住み、仕立ての下仕事で糊口《ここう》をしのぐ生活を強いられていた。

「邪魔をする」

医者とはいえ、若い後家の家に入るのだ。心得として、戸障子を開け放っておかなければならなかった。

「今、白湯《さゆ》を」

美絵が台所土間へと降りた。

「いや、かまわんでくれ」

良衛が遠慮した。

「いえ。なにもございませぬので、せめてお口だけでもお湿し下さいませ」

美絵が茶碗《ちゃわん》に薬缶《やかん》から湯冷ましを入れた。

「すまぬな。では、遠慮なくいただこう」

茶碗から良衛は白湯を一口すすった。

「……美絵どの。少し顔色が悪いようだが」

最初に顔を見た瞬間に良衛は気づいていた。

「いえ、大事ございませぬ」

あわてて美絵が否定した。

「失礼いたす」

手早く良衛は美絵の左手首をつかみ、脈を測った。

「鼓動はいささか速いような気もするが……」

脈を取りながら良衛は美絵の顔を見つめた。

「眼球に汚れもないし、呼吸も忙しくはない……」

言いながらも、良衛は美絵の様子をうかがった。

「しかし、あきらかに貧血ぎみの顔色」

「……………」

指摘された美絵がうつむいた。

「まさか労咳の発作が出たのではございますまいな」

もっとも懸念すべき事象を良衛は問わざるを得なかった。

伊田七蔵が労咳で伏せっている間、ずっと看病していたのが美絵である。一応、美絵の様子も良衛は見ていたが、初期の労咳を見つけるのは難しい。常時咳《せ》きこむか、吐血するか、どちらかの症状が出て、ようやくわかるのだ。

「いいえ」

はっきりと美絵が首を左右に振った。

「では、どうされた」

あきらかに様子のおかしい美絵に、良衛は尋ねた。

「……………」

美絵が顔をそむけた。

「拙者は医者でござる。体調の悪いお方を見過ごしにはできませぬ」

良衛は重ねて訊《き》いた。

「美絵どの」

きつい口調で良衛は美絵に迫った。

「……月のものでございまする」

美絵が真っ赤になりながら、告げた。

「あっ……」

良衛は唖然《あぜん》となった。

労咳の吐血による貧血と思いこんでいたために、良衛は最初に考慮すべき状況を見過ごしていた。

「申しわけない」

「いいえ。わたくしのことを気遣って下さったからこそでございまする」

詫《わ》びる良衛に美絵が手を振った。

「失礼ついでに伺わせていただきたい、月のものとはそこまで血を奪うものなのでございまするか」

医者としての興味を良衛は発揮してしまった。

「…………」

ちょっと困った顔をした美絵が無言で首肯した。

「これは、一度学びなおさねばならぬな」

外道を学び、その技術向上のために本道を身につけた良衛だったが、産科についてはまったく手出しをしていなかった。

「ところで、本日はどのような。先日お仕立ていたしました小袖《こそで》にふつごうでも」

赤みの残った頬《ほお》を押さえながら、美絵が訊いた。

先日、良衛が持ちこんだ反物を美絵が小袖に仕立ててくれた。支払えなかった亡き夫七蔵の薬代の代わりであった。

「ああ」

ようやく良衛は用件を思い出した。

「これを」

懐から懐中鏡を取り出して、良衛は美絵へ差し出した。

「懐中鏡……」

箱を開けた美絵が驚いた。

貧しいその日暮らしに等しい仕立て下職に、鏡を買う余裕などなかった。美絵が良衛の顔を見た。

「仕立てのお礼でござる」

「あれは、夫の薬代でございまする」

「いやいや、あれだけていねいに仕立てていただいたのでござる、もらいすぎじゃ」

良衛はほほえんだ。

美絵の仕立ては、細かいところまでいきとどいていた。また、寸法もしっかりと良衛に合っており、身につけたときの感じが、普段使っている古着とはまったく違っていた。

「ですが、いただく理由がございませぬ」

「男ならば、知り合いの女性《にょしょう》が美しくあるのを願ってもよろしゅうございましょう」

思いきった言葉を良衛は口にした。

「……美しい」

美絵が呆然《ぼうぜん》とした。

「ああ、もちろん、やましい気持ちではござらぬ」

あわてて良衛は付け加えた。

「純粋に礼だと思っていただければ」

「…………」

美絵が黙った。

「今さら返されても、困るのだ。見てのとおり、拙者に懐中鏡は不要だからな」

禿頭《はげあたま》を良衛はなでて見せた。

「わかりましてございまする。ありがたくちょうだいいたしましょう」

まだ硬い表情ながら、美絵が受け取ると言った。

「そうしてくれるか。では、体調も優れられぬようであれば、これにて」

逃げ出すように、良衛は長屋を出た。

「美しい。……わたくしは女であってよいのでしょうか」

一人になった美絵が、懐中鏡へと問いかけた。


二日の非番を終えれば日勤である。朝五つ（午前八時ごろ）前に登城し、夕七つ（午後四時ごろ）まで詰める。

「矢切さま」

昼餉《ひるげ》の弁当を使っているところへ、お城坊主が来た。

「なんでござろう」

箸《はし》を置いて、良衛はお城坊主に近づいた。

「大目付松平対馬守さまがお呼びでございまする」

「また腰痛が出られましたか」

良衛は嘆息した。

大目付松平対馬守は、良衛を手駒として使っている。とはいえ、大目付が若年寄支配の表御番医師を表だって使うというわけにはいかないため、いつも腰痛を言いわけとして呼び出していた。

「どちらでござろう」

「黒書院の控えでお待ちとのこと」

お城坊主が伝えた。

「承知」

良衛は弁当を片づけた。

「出てまいりまする。後事よしなに」

患者が出たときの対応を頼んで、良衛は松平対馬守のもとへと急いだ。

「早かったの」

先日伊賀者の話をした黒書院隣の小座敷で、松平対馬守が端座していた。

「弁当を食べ損ねましてございまする」

良衛は不満を口にした。

「武士が飯ごときで文句を言うな。戦場では何日も喰《く》えない日が続くこともあるのだぞ」

松平対馬守が良衛を叱《しか》った。

「今は乱世ではございませぬ。泰平の世。戦など誰も経験しておりませぬ」

「いつ戦が起こるかはわからぬであろう」

良衛の言いわけに松平対馬守が返した。

「徳川家の天下が割れるとでも」

「…………」

咎《とが》めるような良衛の口調に、松平対馬守が黙った。冗談でも幕臣が口にしていい内容ではなかった。

「大目付さまが、そのようなお考えをお持ちとは、畏《おそ》れ入りました。これはただちにお目付さまに」

良衛が腰をあげかけた。目付は旗本の監察を任とする。たとえ大目付であろうが、留守居であろうが、目付には捕縛する権が与えられていた。

「……やめんか」

松平対馬守が不機嫌になった。

「…………」

今度は良衛が沈黙した。飾りに近いとはいえ、良衛一人をどうにかするくらいの力を大目付は持っている。

「やめておこう」

「さようでございますな」

不毛な言葉遊びから二人は離れた。

「本日の御用は」

いくばくかの警戒を含めた声で、良衛は問うた。

「伊賀者の怪我のことだ。なんでもいい、詳細に話せ」

「……傷は左足の臑《すね》。そう、このあたりでございまする」

患者の秘密だと言える立場ではないことを良衛は理解していた。なにより、大奥でのもめ事である。将軍綱吉に影響がないと考えるほうがおかしい。良衛は、己の足を使って、傷の詳細を語った。

「傷を切り開いたわけではないので、正確ではございませぬが、生の木を無理矢理へし折ったような……」

良衛は続けた。

「臑には中央の太い骨と、その横に細い骨がございまする。今回折れていたのは、太い骨でございました。普通、足に骨が折れるような力がかかれば、当たり前のことでございまするが、細いほうからやられまする」

「なるほど。それも暴力による傷という一つの証だな」

良衛の説明に松平対馬守が納得した。

「骨は見えませんでしたが、皮膚と肉にはあからさまな跡がございました。ちょうど六尺棒のような太さの棍棒《こんぼう》、いや、それよりもう少し重いものが、強い力でぶつけられた。そう見てとりましてございまする」

　良衛は話し終えた。

「傷口は古かったと言ったな」

「はい。鬱血《うっけつ》の状況から、一日、ないしは二日前の受傷ではないかと」

　尋ねられた良衛は答えた。

「どうしてすぐに治療を受けなかったのだ。表御番医師は夜であろうがいるだろう」

「宿直番の外道医は一人ですが、おりまする。宿直番、あるいは当番の医師へ診察を求めなかったのは……」

　良衛は述べた。

「……………」

　無言で松平対馬守が先を促した。

「動けなかったのではないかと」

「……動けなかった……傷が深くてか」

　松平対馬守が首をかしげた。

「いいえ」

　良衛は首を左右に振った。

「反対側の足、左右の両手が無事だったのです。這《は》うことはもちろん、跳ぶこともできましたでしょう」

「痛みで……」

「ありえません」

はっきりと良衛は否定した。

「骨折した骨をもとに戻す。それも傷を負ってときが経ち、あるていど骨や肉がくっついてしまった状況で、それを剝《は》がされるのでござる。その痛みたるや、生身を斬られるどころの騒ぎではございませぬ。大の男が泣きわめいて暴れ回るほどのもの。それをあの伊賀者は、うめき声一つで耐えました。痛みごときで萎縮《いしゅく》するはずはございませぬ」

「ふむうう。そこまで伊賀者は凄《すご》いか」

松平対馬守が感心した。

「ならば……」

「……ならば」

なにを言おうとしているのか、良衛は松平対馬守の意図をはかりかねた。

「捨て置けぬな」

松平対馬守が口の端をゆがめた。

「それほどの伊賀者に傷を負わせた女、そして痛みに耐えて二日医者を我慢しなければならなかった理由。その二つを知らねばなるまい」

「…………」

じっと顔を見つめる松平対馬守に、良衛は沈黙で応じた。

第三章　城内の闇

一

「さて……」

松平対馬守が良衛から目を離した。

「どうかなされたか」

不意に天井を見あげた松平対馬守へ、良衛は訊《き》いた。

「いつまで覗《のぞ》いているつもりだ。顔を出せ、伊賀者」

松平対馬守が呼びかけた。

「…………」

天井板がずれ、顔を頭巾《ずきん》で覆った忍が落ちてきた。

「伊賀者」

良衛は驚いた。

「本当にいたのか」

「えっ」

「…………」

松平対馬守の言葉に、良衛は唖然《あぜん》とし、伊賀者も目を大きくした。

「儂《わし》の予想があたったな」

「どういうことでございまするか」

さすがの良衛も詰問せざるをえなかった。

「なに、伊賀者がそなたを放置するはずはないと思っただけだ」

「当てずっぽう……」

「……ちっ」

あきれた良衛とは逆に伊賀者が舌打ちをした。

「そなた名前は」

頭巾の上からでもわかるほどの不機嫌さを見せている伊賀者へ、松平対馬守が訊いた。

「…………」

伊賀者が無視した。

「よいのか。すでに上様のお耳に話は届いている。伊賀者が協力しないとなれば、なにかと面倒になるぞ」

松平対馬守が脅すように言った。

「……御広敷伊賀者磯田盾介《たてすけ》」

「おぬし、あのときの伊賀者か。もっと大きかったはず」

名乗りを聞いた良衛は目を剝《む》いた。御広敷伊賀者の骨折の治療に同席していた磯田は、あきらかに良衛よりも背が高かった。それが、今は五寸（約十五センチメートル）以上低い。

「忍の真の姿は、親でも知らぬというぞ」

驚愕《きょうがく》している良衛へ、松平対馬守が述べた。

「…………」

磯田が頭巾を取って顔を晒《さら》した。

「同じ顔だ……」

「信じるなと教えたばかりだぞ。まったく」

顔を見て思わず漏らした良衛へ、松平対馬守が嘆息した。

「まあいい。この者のことは置いておくとして……伊賀者、何があった」

名前を問うておきながら、松平対馬守は磯田を伊賀者と呼んだ。

「お話しする理由がございませぬ。御広敷伊賀者は、留守居さまの支配。大目付さまの配下ではございませぬ」

正論で磯田が拒んだ。

「上様の御命ぞ」

「その証拠をお見せいただけまするか」

押し被せようとする松平対馬守へ、磯田が返した。

「そのようなもの、あるわけなかろうが」

大奥で伊賀者が襲われた。それを表沙汰《おもてざた》にすることは、綱吉の後宮が不穏だと知らしめるも同義なのだ。後宮さえ押さえられぬ将軍などという悪評を綱吉につけるわけにはいかなかった。

「密命じゃ」

「ご冗談を。口だけで伊賀者を動かせるのは、上様と執政衆だけ」

磯田が笑った。

「儂を、大目付を信じられぬと」

「信じられませぬ」

はっきりと磯田が告げた。

「……くっ」

松平対馬守が詰まった。

「では、これで」

磯田が腰をあげた。

「あの怪我《けが》をした伊賀者の様子はいかがだ」

良衛が磯田を引き留めた。

「腫《は》れは引いたが、熱をまだもっているようだ」

磯田が答えた。

「震えなどはないか」

「聞いていない」

良衛の質問に磯田が首を左右に振った。

「ならばよい。傷口は膿《う》まずにすんだようだ。このまま治っていくだろう」

患者のことはいつも気になる。良衛はほっと息を吐いた。

「…………」

「二十日ほどは足を使わぬように。そのあとは、徐々に動かせと伝えてくれ。早くから動かすと折れた骨がつながりきらないまま固まってしまう。かといって、動かすのが遅れれば、筋が縮んだままになり、歩けなくなる」

「わかった」

良衛の指導に、磯田が首肯した。

「では」

軽く一礼して、磯田が天井裏へ消えた。

「ぶ、無礼なやつめ。たかが同心の身分でありながら、大目付に対し……」

松平対馬守が怒りを露《あら》わにした。

格は高いが大目付は功績厚い旗本の、引退への花道扱いとなっている。

その現状に松平対馬守は不満を持っていた。創設当時の権を取り戻し、さらなる高みを目指そうとしていた。

「お留守居さまにお話をされては」

宥《なだ》めるように良衛は提案した。

「留守居のような飾りになにができる」

松平対馬守が、吐き捨てた。

幕府に置ける留守居は、諸藩の留守居役とは違い、その名のとおりの役目であった。

将軍が江戸城を出ているときの留守を預かる。それが留守居であった。

留守居は十万石の格式と下屋敷を与えられ、次男まで目通りを許される。まさに大名と同じ扱いを受けた。とはいえ、将軍が江戸城を出ないかぎり、なにもできないのだ。将軍が出歩かなくなった昨今、留守居は大目付以上の閑職となっている。

「………」

案を一言で否定された良衛は鼻白んだ。

「武士どころか人でさえない忍の分際で……」

指示を断られた不満を松平対馬守が口にした。

「わたくしもこれで」

同席しているのが苦痛になった良衛は、静かに辞そうとした。

「待て」

松平対馬守が制した。

「大奥の医師はどうなっている」

「御広敷番の医師が対応をいたしておりまするが……」

問われて良衛は答えた。

「御広敷番……」

松平対馬守が首をかしげた。

「表御番医師のなかから選ばれたものが、御広敷に詰め万一に備えておりまする。と申しても、表御番に比して規模は小そうございますが」

良衛は説明した。

大奥に住んでいる女中たちの医療は表と大きく違った。

御台所、お腹さま、若君、姫君などの将軍一門は、奥医師が担当する。それ以外の女中への対応に差があった。

基本として、表御番医師は救急対応である。病にせよ、怪我にせよ、応急の処置をした後は、代々のかかりつけ医師に任せ、続けて関わりはしない。もちろん、患家から望まれて、非番の日に診療することはあるが、普通は城中だけでつきあいは終わる。

しかし、大奥ではそうはいかなかった。

大奥女中の外出は公用以外許されていない。目見え以上の大奥女中は終生奉公が決まりであり、病での医者通いもできなかった。その代わり、御広敷医師がかかりつけ医となった。御広敷医師は表御番医師同様の急患対応だけでなく、日常の治療までおこなった。

「御広敷医師にいろいろな話ができるほど親しい者はおりませぬ」

良衛は先回りをして、逃げた。

「ふん。そなたの知り合いなど頼らぬわ」

松平対馬守が不機嫌に言い残して、座敷を出ていった。

「やれ、なんのために呼び出されたのか」

一人残された良衛は嘆息した。

放り出された形になった良衛は、そのまま医師溜へ戻る気をなくした。

「黒書院からなら、柳の間は近いな」

良衛は将軍の治療を担う医師最高位の典薬頭が控える柳の間へと向かった。

「御坊主どの」

柳の間の前で控えるお城坊主に良衛は声をかけた。

殿中はどこでも同じであるが、勝手に座敷へ入ることは許されていなかった。その例外がお城坊主と医師であったが、患者もいないのに勝手に入るわけにはいかない。

「兵部大輔さまをお呼びいただきたい」

良衛は舅《しゅうと》を呼んでくれと頼んだ。

「あなたさまは」

お城坊主が首をかしげた。

「表御番医師矢切良衛でござる」

「しばしお待ちを」

名乗りを聞いたお城坊主が、柳の間へ引っこみ、すぐに戻ってきた。

「多忙ゆえ、こちらから呼びだすまで待てとのお言葉でございました。用ならば、今夜屋敷へ参れとのことでございまする」

「わかりもうした。お手数をおかけした」

あっさりと断られた良衛は踵《きびす》を返した。

松平対馬守はふたたび柳沢吉保を呼び出した。

「どうでございましょう」

柳沢吉保もすぐに応じた。

「伊賀者に言うことをきかせられませぬか」

「どういうことで」

言われた柳沢吉保が困惑した。

「さきほど、伊賀者を呼び出し、大奥での一件を問おうとしたのでござるが、伊賀者は留守居支配であると断られました」

松平対馬守が顔をゆがめた。

「……伊賀者はまちがっておりませぬな」

柳沢吉保が嘆息した。

「上様にお願いして、御広敷伊賀者を大目付へ移管していただくわけには」

「できましょうが、今すぐは無理でございましょう」

言われた柳沢吉保が首を左右に振った。

下役の異動はままあることであった。ただ、調整が要った。執政衆の合意だけでなく、下役を失うほうの了承を取らなければならない。

「留守居が許しますまい」

「…………」

松平対馬守が苦い顔をした。

「なにより、大目付の下に御広敷伊賀者を移すだけの理由が……」

「……ううむ」

大目付は大名目付であり、大奥とまったくかかわりはなかった。

「御広敷伊賀者の探索御用ならば、大目付がよろしゅうございましょう」

探索御用とは、世に言う隠密《おんみつ》のことである。外様大名の領国に入りこみ、その内情を調べる。場合によっては、城に忍び、家老たちの内談まで聞き取ってくる。その情報をもとに外様大名の転封、減封、改易などを決めることもある。大目付の下役としても十分であった。

「難しゅうございましょう。探索御用は執政の権でございますれば」

伊賀者に諸国探索を命じるのは、老中であった。大名の弱みを握る探索御用の価値は高い。表沙汰《おもてざた》にはされていないが、探索御用は外様大名だけではなく、譜代名門も対象にされている。いや、御三家でさえ内情を探られているのだ。いわば、徳川にとっての秘事を知ることができるのだ。それを大目付に渡すほど執政は甘くはない。

「そこを上様のお力でどうにかできぬかの」

「できますまい」

さらに求める松平対馬守へ、柳沢吉保が否定した。

「堀田筑前守さまがご存命ならば、まだどうにかなりましょうが……」

五代将軍綱吉の股肱《ここう》の臣だった堀田筑前守は、先日殿中刃傷《にんじょう》によって死亡していた。

「上様は、執政たちを把握されようとなさっておられる最中。今、執政たちの反感をかうようなまねは避けるべきかと」

柳沢吉保が述べた。

「なにより、探索御用を他人《ひと》にお任せになられるとは思えませぬ」

政《まつりごと》を任せていた寵臣《ちょうしん》堀田筑前守を失った綱吉は、代わりの執政を設けず、自らの手でおこなおうとしていた。

「………」

望みを絶たれた松平対馬守が黙った。

「とはいえ、このままではいけませぬ。大奥に疑義があるようでは、上様にお通りいただけませぬ」

柳沢吉保の表情が厳しいものに変わった。

「ではどういたそう」

松平対馬守が良案を問うた。

「大奥に伝手《つて》はござらぬし」

柳沢吉保が表情を曇らせた。綱吉の寵臣となって日が浅い柳沢吉保の弱点が、人脈の乏しさであった。

「お供ができれば……」

顔をゆがめて柳沢吉保が悔しがった。

「大奥へ出入りできる男はおりませぬな」

「いや、医師は出入りできますぞ」

肩を落とす柳沢吉保に、松平対馬守が声を出した。

「いや、医師でも急患がなければ……」

「それが違うのでござる。さきほど矢切から……」

松平対馬守が説明した。

「なんと、医師は毎日出入りできる」

柳沢吉保が目を剝《む》いた。

「矢切を御広敷へ移せませぬか」

「医師にかんしては、典薬頭の専権事項でござる。これぱかりは老中といえども口出しはできませせぬ」

名案ではないかと言った松平対馬守へ、柳沢吉保が難しいと告げた。

「今大路を使いましょう」

「典薬頭を引き入れると」

「さよう。兵部大輔は矢切の岳父でもござる。舅の命とあれば、矢切も断れますまい」

「なるほど。それはよろしかろうが、一応、ことを知らせるとなれば、上様のお許しを得ねばなりませぬ」

「事情を話さずとはいきませぬか」

「典薬頭はそれほど甘くございますまい。とくに身内を動かせという話を、なにも明かさずに引き受けるとは思えませぬ」

「いたしかたございませぬな」

松平対馬守が首肯した。

もともと二人のかかわりは、堀田筑前守の刃傷の裏を探るべく、綱吉から密命を受けたことに始まる。堀田筑前守の一件を片づけた後も、将軍による幕政把握を狙う綱吉の意向によって、そのまま政の闇を探る役目を与えられていた。

そこに今大路兵部大輔を加えるのは、綱吉の許可なしにはできなかった。

「早速にお願いできますするか」

「ただちに」

柳沢吉保が御座の間へと戻っていった。

二

寵臣の願いに、綱吉はすぐにうなずいた。

「よいようにいたせ」

「かたじけのうございまする」

許可をもらった柳沢吉保が、綱吉の前を下がった。

「兵部大輔どのを」

柳の間前で柳沢吉保がお城坊主に頼んだ。

「ただちに」

身分は低いが将軍綱吉の寵愛を一身に受けている柳沢吉保の影響力は大きい。お城坊主がすぐに対応した。

「お呼びでございますかな」

お城坊主よりも早く、今大路兵部大輔が柳の間を出てきた。

「少しよろしいか」

「どうぞ」

柳沢吉保の求めに今大路兵部大輔が首肯した。

従五位下に任じられている今大路兵部大輔のほうが、柳沢吉保よりも格上になる。とはいえ、実質の権となれば、柳沢吉保がはるかに強い。今大路兵部大輔は、素直に従って、柳の間から少し離れた入り側へと移動した。

入り側は、畳敷きの廊下のことである。役人や顔見知りの大名たちが立ち話をするのによく用いられていた。

「ここでよろしゅうございましょう」

人気のないことを確認して、柳沢吉保が足を止めた。

入り側での立ち話には、用のないものは近づかないという不文律があった。聞き耳を立てると受け取られ、無礼であるとされていた。

「どうぞ」

今大路兵部大輔が促した。

「お訊きいたしまする。表御番医師矢切良衛どのは、貴殿の娘婿でございますな」

柳沢吉保が確認を求めた。

「いかにも。吾《わ》が娘を嫁に出しましたが、矢切がなにか」

認めながらも、今大路兵部大輔は警戒を見せた。

「ああ、矢切どのがなにかなされたというわけではございませぬ。ちとお力をお借りしたいだけで」

「矢切にでござるか。ならば、わたくしではなく、直接矢切へお申しつけくだされば

よろしいものを」

今大路兵部大輔が首をかしげた。

「矢切どのの手を借りるには、典薬頭さまのお力が要りようでございまして」

「みどもの協力……」

怪訝《けげん》な表情を今大路兵部大輔が浮かべた。

「最初に申しあげておきまする」

前置きを柳沢吉保がつけた。

「これは上様のご内意だとお考えいただきますよう」

「……上様の」

今大路兵部大輔が息を呑《の》んだ。

「矢切どのを御広敷番へと移していただきたい」

「御広敷番にございますか」

「さよう」

確かめた今大路兵部大輔へ、柳沢吉保が尊大に応じた。

大奥を担当する御広敷番も表御番医師も、役目としては番医師というくくりになっ

た。ただ、詰めている場所と専門科目の違いがあるだけであった。

内意とはいえ、将軍の意思を代行しているのだ。柳沢吉保は綱吉名代としての格式を表に出した。

「わけをお聞かせいただいても」

今大路兵部大輔が問うた。

「なにも聞かれぬほうがよろしいかと」

柳沢吉保が、知らぬほうがよいと勧めた。

「お聞かせいただけぬとなれば、お断りいたしましょう」

「上様のご内意でございますぞ」

断るという今大路兵部大輔に柳沢吉保が驚いた。

「これではっきりいたしましてございまする」

今大路兵部大輔が柳沢吉保をじっと見つめた。

「…………」

強い眼差しに柳沢吉保がたじろいだ。

「堀田筑前守さまの一件に、矢切を巻きこんだのは貴殿でございますな。いいや貴殿がたと申しあげるべきでございましょう」

「……どうして」

真相を突かれて柳沢吉保が目を大きくした。

「簡単でござる。矢切の動きなど、少し城中へ網を張っておけば、簡単に摑《つか》めまする。先日は、台所にまで手を出していたようで」

「お城坊主でござるな」

すぐに柳沢吉保は、網の正体に気づいた。

「さすがでございますな。我ら医師は城中の状況を把握しておかねばなりませぬので、お城坊主の衆とはとくに密接なかかわりを持つようにいたしております。風寒のころなど、どこの詰め所で咳《せき》をする者が多いか、病欠がどのていど出ているかを知らねば、後手に回りまするゆえ」

今大路兵部大輔が説明した。

「では、先日小納戸が一人……」

「城中で具合を悪くなされ、後日亡くなられた話でございますかな」

最後まで言わず、匂わせただけの柳沢吉保に、今大路兵部大輔が述べた。

「畏《おそ》れ入りました」

柳沢吉保が頭を下げた。

「あまり娘婿に危ないまねをさせていただきたくございませぬ」

はっきりと今大路兵部大輔が言った。

「他に適材がおりませぬ。医者ならば城中のどこにでも入りこめるだけでなく、治療を通じてどれほどの大身、重職と知り合っていてもおかしくない」

「たしかに……」

今大路兵部大輔も認めざるを得なかった。

「それでいて、良衛どのは自分の身を守るだけの術もお持ち。他の医師ではこうはいきますまい」

「……でございますな」

今大路兵部大輔は嘆息した。

「最初は、堀田筑前守の刺殺。道具は刃《やいば》。次が小納戸の死と台所。この二つが合わされば浮かび上がるものは毒」

「……はい」

柳沢吉保はごまかさなかった。

「続いて大奥。相手は女でございますな」

「おそらく」

確定できていないと柳沢吉保が告げた。

「女の相手に矢切は向きませぬ」

「なぜでござる」

首を左右に振る今大路兵部大輔へ、柳沢吉保が尋ねた。

「矢切は外道医。産科は学んでおりませぬ」

「本道も巧みだと伺いましたが」

柳沢吉保は、産科でなくてもよかろうと言った。

「本道でも男と女は違うのでございまする。柳沢どのも女を裸になされたことはございましょう」

「……ございまするが」

「ご自身と比べていかがでござる。肉の付き方など違いましょう。たとえば、乳房。男の胸はあのようにふくらみませぬ。乳があるだけで、心の臓の音を聞くのが困難となりまする。また、男にはない子宮もござる」

「それはそうでございますが、五臓六腑《ごぞうろっぷ》などは変わりますまい」

「役割などは同じでございますが、細かくは違うのでございまする。たとえば、子宮から血を出す月のもの。あれの期間、女は貧血になりまする。男ならば病でない限り一定している血の流れが、毎月一度数日にわたって狂う。かといって、これは病ではございませぬ。病だと思い薬を出せば、それは誤診でござる」

今大路兵部大輔が説明した。

「それくらい矢切どのならば、できましょう」

「できなかったときが問題」

「問題……」

「さよう」

疑問を表情に出した柳沢吉保へ、今大路兵部大輔が語った。

「御広敷番は、番医師のなかでも女の治療に手慣れた者から選ばれておりまする。そこに詳しくない者が入りこめば、目立ちまする」

「……ううむう」

柳沢吉保がうなった。

「なにかよい手はございませぬか」

「……ございまするが、多少のことをしていただかねばなりませぬ」

「多少のこととは」

奥歯にものが挟まったような言いかたをした今大路兵部大輔に、柳沢吉保が緊張した。

「修業との名目を与えるのでございまする。女の病について勉学をさせるため、御広敷番にする」

「それが多少のことに繋《つな》がるのでございまするか」

わからないと柳沢吉保が訊《き》いた。

「おわかりになりませぬか。表御番医師に女の治療を典薬頭が命じる。これは、いずれ女の担当医とするとの意思表示でございまする」

「それはわかりまするが……まさか」

「はい」

気づいた柳沢吉保へ、今大路兵部大輔が首肯した。

「いずれ、御台所さま、あるいはお伝の方さま、そのどちらかを診る奥医師にすると」

「さようでございまする。大奥の女中はあくまでも奉公人。奉公人の治療に、わざわざ研修は要りませぬ。慣れているものを持ってくればいい。そこへ和蘭陀流外科術の達人として表御番医師に抜擢《ばってき》された者が配される。その意味を理解しない者など、城中にはおりますまい」

今大路兵部大輔が述べた。

「推挙の後ろ盾になれと」

「…………」

柳沢吉保の言葉に、今大路兵部大輔は返答しなかった。

「奥医師というのは、江戸における医師の最高峰でございまする。奥医師になる。それは天下の名医と幕府が認めること。天下の名医のもとに患者は群がりましょう。現実、今も奥医師になりたいと願う者たちからの願いは、表裏を合わせて途切れる日はございませぬ。かといって、奥医師には定員がございまする」

そうそう増やせないと今大路兵部大輔が言った。

「増やすだけの理由をつけろ。それも外道の医者でなければならぬという」

「仰せのとおりでございまする」

悟った柳沢吉保へ、今大路兵部大輔が首を縦に振った。

「…………」

柳沢吉保が思案した。

「今すぐというわけには参りませぬが、それでもよろしゅうございますな」

「できるだけ早くお願いいたしまする」

条件を付けた柳沢吉保へ、今大路兵部大輔が告げた。

「上様より、外道の奥医師一名増員の御下問が、典薬頭どののもとへ出されるようにいたせばよろしいな」

「はい。言わずともおわかりでございましょうが、わたくしへ御下問くださいますよう」

典薬頭は今大路と半井の両家の世襲である。両家は同格であり、奥医師などの人事にかんしては合議を取っている。

「御下問のおりに、矢切の名前をお出しくださるよう、上様にお願いしておきまする」

いかに典薬頭の専権事項とはいえ、将軍の後押しは別である。将軍は幕府すべてにその力を振るえ、逆らうことは許されない。もっとも、これは建前であり、将軍による暴走を防ぐために、執政衆がおり、無茶な命に抵抗するようになっていた。

「けっこうでござる」

今大路兵部大輔がうなずいた。

「では」

用件を終えた柳沢吉保が立ち去ろうとした。

「お待ちあれ」

今大路兵部大輔が止めた。

「まだなにか」

「なぜ大奥に矢切を入れなければならぬかを、聞いておりませぬ」

「…………」

柳沢吉保が黙った。

「知らずにはすみませぬ。娘婿を差し出すというのもございますが、万一に備えるためにも、事情を知っておいたほうがよろしいかと」

「万一に備える……」

不思議そうな顔を柳沢吉保がした。

「さようでございまする。大奥に手の者を入れる。その意味は上様をお守りするため、違いまするか」

「……いいえ」

問われて柳沢吉保が否定した。

「上様が狙われている。それが中奥であるならば、我ら医師がすぐに動けまする」

中奥とは将軍の居住している御座の間を含めた場所を言う。奥医師は中奥に待機し、将軍の万一に備えていた。

「しかし、大奥ではすぐに対応できませぬ。報せを受けた奥医師が大奥まで出向き……

……」

手順を今大路兵部大輔が話し始めた。

大奥での急病人には御広敷番医師が対処するが、将軍、御台所、お腹さま、和子《わこ》姫君方は、奥医師でないと診られなかった。

となると、大奥から異状が中奥へ報され、ようやく奥医師が出向くという形になる。

「少しでも手遅れにならぬようにするには、処置の態勢を整えておくべきでござる。毒ならば解毒薬、切り傷などであれば外道医と準備ができれば、少しでも早く治療に入れまする」

「道理でござるな」

柳沢吉保が理解した。

「あいにくまだ毒かどうかもわかっておりませぬが……」

御広敷伊賀者が大奥で女中に襲われたらしいとの話を、柳沢吉保が今大路兵部大輔へ伝えた。

「ふむう」

今大路兵部大輔が腕を組んだ。

「何がしたいのかさえわかりませぬな」

「でござろう」

柳沢吉保が同意した。

「上様を害し奉りたいならば、その機が到来するまで目立ってはなりますまいに」

「まったくそのとおりでございまする」

大きく柳沢吉保が首肯した。

「伊賀者に上様を襲うための準備を見られたとしても、その後始末がお粗末すぎまする。伊賀者を殺せず、逃がしてしまうなど」

「まったく」

二人があきれた。

「そのていどの輩が敵であるならば、話は容易なのでございますが……」

柳沢吉保が難しい顔をした。

「これさえも策であると」

「否定できませぬ。大奥へ目を集めておいて、中奥で上様を……」

今大路兵部大輔の言葉に、柳沢吉保が続けた。

「医者ではどうにもできませぬな。医者は怪我《けが》人か病人が出て、初めて出番でござるゆえ」

小さく今大路兵部大輔が嘆息した。

「それはいたしかたございますまい。わたくしが上様に危難が及ばぬように手を打つ。そして貴殿がなにかあったときに、上様のお命をお救いする。適材適所でございましょう」

柳沢吉保が慰めた。

「これでよろしいか」

「よろしゅうございまする」

「……………」

もういいと応じた今大路兵部大輔へ柳沢吉保が黙った。

「堀田筑前守どのの一件、その真相を知らずともよいと」

質問して当然の話に興味を見せない今大路兵部大輔に、柳沢吉保が厳しい顔をした。

「……知らずにすめばそれ以上のことはございますまい。知ってしまえば、どうしてもその先にあったものを見たくなりましょう。人には分というものがござる。人の命を救う医者と心を支える坊主は政《まつりごと》にかかわってはなりませぬ」

今大路兵部大輔が告げた。

「お見事なるお心がけでございまする」

ていねいに腰を折って、柳沢吉保が礼を尽くした。

「では、よしなに」

「はい。矢切を御広敷番へと移しましょう」

念を押した柳沢吉保に今大路兵部大輔が保証した。

三

大奥は男子禁制である。これは、表向き将軍以外の胤《たね》が入ることを危惧《きぐ》して作られた律であるが、そのじつは違った。

男子禁制、その裏にある目的は、表の権力を排除するためであった。表とは、老中をはじめとする幕府役人を指す。当然、そのなかには、旗本の非違監督をする目付も含まれた。

目付が手出しできない。これは、幕府の決めた法が、大奥では遵守されないとの意味であった。

大奥で人殺しがあった場合でも、目付はなにもできないのだ。それこそ、殺したほうが大奥で上級の立場にあれば、事件どころか被害者を隠蔽《いんぺい》できる。

人殺しというほど荒い話でなくとも、幕府から大奥経費として支払われている金を横領しても咎《とが》められない。もちろん、大奥の主たる御台所の知るところとなれば別であるが、下役に見つかったくらいではどうとでもできた。

なにせ、上役の不正を見ても、訴人《そにん》する場所がない。大奥には、表の目付にあたる監察がいなかった。

「どうじゃ、この打ち掛けは」

大奥の局《つぼね》で、老女が届いたばかりの打ち掛けを配下に見せびらかしていた。

「お方さまのお見立てはいつもすばらしゅうございまする」

「色合いといい、仕立てといい、これほどのものを拝見できて、眼福でございまする」

口々に配下たちが褒め称えた。

「うむ、うむ」

満足そうに老女が首肯した。

「だがの、この打ち掛けの真の価値はの」

自慢そうに老女が打ち掛けを開いた。

「おおっ」

「そんなところに」

裏地を見せられた配下たちが、驚きの声を上げた。

「どうじゃ。裏地に桜の花散りを刺繍《ししゅう》させたのだ」

「これほどのことを思いつかれるのは、お方さまだけでございまする」

「わたくしどもでは考えもつきませぬ」

「そうであろう、そうであろう。そなたたちでは無理よ」

賞賛された老女が得意満面で胸を張った。

「なにより、これを作らせるだけの金がな」

老女が意味ありげな目を配下に向けた。

「……ご無礼を承知でお伺いいたしまする。おいくらでございましょう」

なにを求めているかを悟った配下が問うた。

「いくらだと思う」

うれしそうに老女が尋ねた。

「二十両、いえ、三十両」

「四十両はいたしましょう」

配下たちが口々に答えた。

「甘いの。この裏地は信濃屋《しなのや》に命じた特別あつらえじゃ。職人十人を使い、二ヵ月かけた」

老女が笑った。

「では……」

一人の配下が老女を見あげた。

「五十八両じゃ」

「まあ」

「ひゃああ」

金額を聞いた配下たちが驚愕《きょうがく》の声をあげた。

一両あれば庶民が一ヵ月生きていける。大奥でもっとも下級のお末の給金が一年で四石と二両、金だけになおして六両ほどである。五十八両は、お末十人分の年収に等しい。

「打ち掛け一枚に五十八両。それだけのお金をかけられるのは、天下広しといえどもお方さまだけでございましょう」

見え透いた世辞を配下が口にした。

「うむ、うむ」

老女がにこやかにうなずいた。

「ところで」

不意に老女が笑顔を消した。

「不作法者はどうなっている」

老女が配下に問うた。

「…………」

二人の配下が顔を見合わせた。

「申せ」

先ほどとはうってかわった厳しい声で、老女が命じた。

「わかりませぬ」

若い配下が申しわけなさそうに顔を伏せた。

「どういうことだ、五月《さつき》」

老女がもう一人の配下に訊《き》いた。

「ご存じのとおり、わたくしどもは大奥から出られませぬ。伊賀者の後を追うことはかないませなんだ」

五月と呼ばれた女中が告げた。

「だからわからなくて当然だと」

老女の声が冷えた。

「…………」

女中たちがふたたび黙った。

「そなたたちの口は追従しか言えぬようだの。そのような役立たずは、妾《わらわ》の局には要らぬぞ」

「お方さま」

「ご寛恕《かんじょ》を」

二人が顔色を変えた。

「歳を取って少し気が長くなった。そうよな、明後日《あさって》くらいまでならば、辛抱してくれよう。だが、それでもよい報告が聞けぬとなれば……」

わざと老女が言葉を切った。

「五月、そなたの父は大番組《おおばんぐみ》であったの。葉月《はづき》、そなたの兄は勘定方であったか」

老女が口の端をつりあげた。

「上臈たる妾が、一言申せば旗本の一つや二つ潰《つぶ》すなど容易じゃ」

「わかっておりまする」

「お許しを。兄には、ようやく跡継ぎができたばかりで」

五月と葉月が額を畳に押しつけて願った。

「行け」

老女は女中たちへの興味を失ったかのように、打ち掛けへと目を向けた。

「ごめんを」

「失礼いたしまする」

五月と葉月が一礼した。

大奥で上臈は最上級にあたる。上臈は京の公家《くげ》の娘が、行儀を教えるための師範として大奥へ赴任してくるのがほとんどで、あまり政《まつりごと》にはかかわらなかった。

「お方さまのお怒りを買ってしまった」

局の上の間から下の間へと逃げるように下がった五月が身を震わせた。

「どういたせば……」

葉月が呆然《ぼうぜん》とした。

「あのときの伊賀者を追い払ったのは……」

「別式女の十六夜《いざよい》でございました」

葉月が答えた。

別式女とは、女ながら武道に秀でた者のことだ。別名を火の番ともいい、身分は低いが薙刀《なぎなた》や槍《やり》、太刀などで武装することが許されていた。

「十六夜を呼べ」

五月が手を叩《たた》いた。

「お呼びでございまするか」

しばらくして大柄な女が局下の間に現れた。

「うむ。そなた少し前に、局へ忍びこんできた伊賀者を排除したであろう」

「たしかにいたしました」

十六夜が認めた。

「あの者がどうなったかは知らぬか」

「あいにく。後を追うことをご許可いただけませなんだので」

止められたと十六夜が言いわけをした。

「お方さまのご制止であったの」

「はい」

五月の確認に、十六夜が首肯した。

「目立つなとの仰せでございました」

ほんの少しだけ声に悔しさを乗せて十六夜が言った。

「あと一撃加えられれば、まちがいなく仕留められたかと」

今度は自負を十六夜が見せた。

「すんだことだ」

五月が十六夜を抑えた。

「死んだと思うか」

「足の骨を叩き折ってやりましたが、死にはいたしますまい」

武芸者の顔で十六夜が告げた。

「では、あれ以来……」

五月が天井を見あげた。

「気配は感じませぬ。念のため、一日に三度、確かめてはおりまする」

伊賀者の侵入はないと十六夜が述べた。

「ご苦労であった。これからも気を配れ。お方さまには、妾からも申しあげておいてやる」

「よしなにお願いいたしまする」

十六夜が下がった。

「骨を折ったとなれば……」

五月が葉月を見た。

「医者にかかりまする」

「よな」

葉月の答えに五月が首を縦に振った。

「御広敷番の医者に問うてみるか」

「どうやって」

葉月が首をかしげた。

医者とはいえ、男なのだ。理由なく大奥へ招くことはできなかった。

「そなた、ちと腹痛でも起こせ」

「仮病でございますか。すぐにばれましょう」

相手は医者である。仮病などすぐに見抜かれる。仮病で医者を呼びつけたと知られれば、ただではすまなかった。

「大事ない。医者には黄白《こうはく》を握らせる」

賄賂《わいろ》を使うと五月が言った。

「誰ぞ、表使いのところへ急病人だと報せに走れ。腹痛だとな」

「はい」

控えていた小間使いのお末が駆けだした。

「なにをしている。横になれ」

呆然としている葉月に五月が告げた。

「医者か。しばし待て」

走りこんできたお末の用件を聞いた表使いが、右筆へと顔を向けた。

「要請の書付を」

「はい」

命じられた右筆が筆を持った。

表使いは、大奥第八位の女中である。身分はさほど高くないが、表との交渉いっさいを担うため、とくに優秀な者が選ばれた。また、大奥から外へ出す注文すべてを差配するのもあり、その力は中臈をはるかにしのいだ。

「お使者番、これを」

右筆が作成した書付を表使いがお使者番に渡した。

「はっ」

受け取ったお使者番が、七つ口へと向かった。

七つ口は大奥の出入り口であった。玄関を使う格式のない女中と物品すべてはここを通過しなければならなかった。御広敷番頭の支配下にあり、七つ（午後四時ごろ）に閉鎖されたことで七つ口と呼ばれていた。

「お医師招聘《しょうへい》でございまする」

用件を口にしながら、お使者番が書付を当番の御広敷番頭へと渡した。

「承ってござる。おい」

御広敷番頭が書付を同心へ押しつけ、御広敷番医師の溜へと回した。

「ご病人だそうでございますな」

しばらくして禿頭《とくとう》の中年の医師が七つ口へと来た。

「上臈山科の方さまの局《つぼね》、中臈の葉月どのが急な腹痛だそうでござる」

書付を読んだ医師にはわかっていることを、御広敷番頭は口頭で繰り返した。

「承った」

医師が首肯した。

「では、お通りあれ」

儀式めいた遣り取りを終えて、ようやく医師が大奥へと足を踏み入れた。

「こちらでございまする」

手を伸ばしても触れられないほど離れたお末が医師へ言った。

「お願いいたそう」

二人が小走りになった。

「しばしお待ちを」

局の前で、お末が医者を留めた。

「結《ゆう》でございまする。お医師を案内して参りました」

お末が局の外から声をかけた。

「入れ」

応答があり、襖《ふすま》が開いた。

「お医師さま」

「うむ」

結に促された医師が局のなかへ入った。

「本道医、木谷水方《こやすいほう》でござる。患家は、そこのお女中かの」

一礼して名乗った木谷が葉月を見た。

「さようでござる。腹が痛いと訴えておりまする」

五月が応じた。

「では、拝見つかまつろう。まずは、脈を」

木谷が葉月の左手首を握った。

「どこが痛まれるかの」

脈を取りながら、木谷が問うた。

「えと……」

仮病なのだ。葉月は口ごもった。

「……いつから痛みは」

不審げな顔をしながら木谷がもう一度訊《き》いた。

「それが……」

葉月が目をそらした。

「どういうことでござるかの」

ここまできて仮病と気づかなければ医者ではない。木谷の声が尖《とが》った。

「お医師どのよ」

五月が木谷と膝《ひざ》が接するくらい近くに座った。

「なんでござるか」

御広敷番医師は女を診《み》るのが仕事である。そのていどのことで動揺はしなかった。

「仮病でお呼び立てしたのは、お詫《わ》びいたそう」

五月が頭を下げた。

「…………」

無言で木谷が先を促した。

「お伺いいたしたいことがござる。少し前に、御広敷伊賀者の治療をなさりませなんだか」

「ござらぬ」

きっぱりと木谷が否定した。

「どなたかがなされたとかのお話は」

「耳にしておりませぬ」

ふたたび小谷が首を左右に振った。

「ずいぶんとはっきり言われたが……」

五月が疑わしそうに、木谷の顔を見た。

「当たり前でござる。われら御広敷番医師は大奥のお女中しか診ませぬ。御広敷にお
る男の役人たちは、表御番医師の担当でござれば」

「あっ……」

木谷に言われて、五月が啞然《あぜん》とした。

「お待ちを」

「もうよろしいかの。病人がおらぬのならば、帰らせていただこう」

立ちあがりかけた木谷を五月が引き留めた。

「お願いがござる」

「……なんでございましょう」

木谷が嫌そうに頰《ほお》をゆがめた。

「怪我《けが》をした伊賀者のことをお調べいただけまいか」

「なぜそのようなことを」

五月の願いに、木谷が首をかしげた。

「事情を聞かずにお願いいたしたい」

「お断りいたしましょう。色恋沙汰《ざた》に巻きこまれるのはご免でござる」

木谷が拒んだ。

大奥女中には終生奉公のほかに、もう一つ重大な義務があった。将軍の誘いを断ってはならないというものだ。

将軍家が世継ぎを儲《もう》けるための場として大奥はある。当然、そこにいる女は、御台所を筆頭に、すべてが将軍の子を孕《はら》むことが前提であった。大奥へ奉公へ上がるというのは、将軍に求められたら、どこでもいつでも身体を開くという条件に合意したも同然であった。

いわば大奥女中は将軍のもの。その女が他の男と逢《あ》い引《び》きをする、想いをかよわせるのは不義密通である。見つかれば男女ともに死罪となる。そして、その手引きをした者も同罪であった。

「色恋沙汰……旗本四百石飯田《いいだ》家の娘が、お目通りさえできぬ伊賀者ごときを相手にするなど」

聞いた五月が、鼻先で笑った。

「……ではなぜ」

少し引きながら、木谷が問うた。

「さようでございますなあ」

五月がわざとらしく首をかしげた。

「どのような理由がよいとお考えになりまするか」

「おふざけになられておられるのか」

木谷が怒気を露《あら》わにした。

「葉月」

「はい」

右手を差し出した五月に、夜具の下から葉月が二十五両の紙包みを取り出した。

「…………」

一両あれば米が一石買える。御家人の年収に近い大金を見せられた木谷が黙った。

「理由が居るかの」

五月が笑った。

「いただけるので」

木谷が切り餅を見た。

「進ぜようほどに、お調べいただけるかの」

「表御番医師とは詰め所も違い、さほど交流もございませぬ。詳細を得るのは難しゅうございまするが……」

切り餅から目を離さず、木谷が言った。

「怪我をした伊賀者が生きているかどうか。まずこれを」

「それくらいならば」

木谷が切り餅に手を伸ばした。

「……それと」

さっと切り餅を取りあげて五月が付け加えた。

「生きているならば、御広敷番頭たちの様子を窺《うかが》ってもらいたい」

「……様子」

意味がわからないと木谷が怪訝《けげん》な顔をした。

「さよう。御広敷に目付が来ていないかとか、御広敷番頭が留守居と密談などをしていないか」

「目付が来たかどうかはわかりましょうが……」

幕府監察の目付は誰よりも怖れられている。誰もが目付を気にしている。なにより、目付は寒中でも黒麻裃《あさかみしも》を身につけているうえ、廊下を歩くときは左に沿い、角は直角に曲がるのだ。十分に目立った。

「御広敷番頭どのの動向までは……」

木谷が弱い声を出した。

「では……」

五月が包みの封を切った。

「なにをなさる」

目の前に小判を散らされた木谷があわてた。

「七両といったところか」

小判七枚を残して、五月が残りを回収した。

「あっ……」

名残惜しいとばかりに木谷が手を伸ばした。

「残りが欲しければ、いろいろ精進願いたいな」

五月が小判を懐にしまった。

「うっ」

木谷が伸ばした手を引っこめた。

いかに医師とはいえ、患者でもない女の胸に触れることは許されていない。五月に騒がれれば、まちがいなく木谷は終わる。

「調べられれば残りも」

「もちろん。よい報告には、金を惜しまぬ」

五月がうなずいた。

「わかりましてござる。では、これにて」

木谷が腰を上げた。

「念を押すまでもないが、このこと誰かに漏らせば、おぬしに無体をされたと訴え出なければならなくなる」

あからさまな嘘であっても、一度でも噂を立てられれば、大奥へ出入りはできなくなる。御広敷番医師から奥詰め医師を経て、幕府医官最高位である奥医師になるという出世の道が断たれる。医師も幕府役人でしかない。どのような傷でも役人にとっては命取りになる。

「……わかっておりまする」

脅された木谷が震えた。

四

良衛は下城の経路を大きく変えた。

「旦那《だんな》さま、どちらへ」

迎えに来ていた三造が不審を口にした。

「四谷《よつや》に回る」

「……四谷でございますか。あちらに患家はなかったように」

三造が首をかしげた。四谷は良衛の屋敷から江戸城を挟んでほぼ反対側になる。

「城中で診た患者だ」

「なるほど」

三造が納得した。

「ここだ」

「はて、ここは」

足を止めた良衛に、三造が困惑した。

「伊賀者組屋敷だ」

「……伊賀者」

三造が驚愕《きょうがく》した。

「忍のような得体の知れぬ者を……」

戦国が終わってまだ七十年ほどだ。さすがに戦場働きをしていた経験のある者は少なくなったが、祖父や父から話を聞かされている者は多い。武士は顔を隠し、名を名乗らず、闇に潜む忍を化生のものとして嫌っていた。

三造は代々矢切家に仕える小者で、父が矢切家の先祖とともに関ヶ原を戦ったのが自慢であり、子供のときから戦場話を聞かされて育っていた。

「医者からすれば、忍も人だ。なにもかわらぬ。よほど女のほうがわからぬわ」

良衛は苦笑を浮かべた。

「はあ」

三造が戸惑った。

「医者は患者を差別してはならぬ。さすがに損失を出してまではできぬがな。他人を助けて己が飢え死にしては意味がない。ただで薬をくれてやる気はないが、診察だけならば仁術だからな」

医者を生業《なりわい》にしている者としての心得を良衛は述べた。

「では薬箱は……」

「持っていかぬ。薬箱を持ちながら、処方せぬというのは、患者にしてみれば不条理であろうからな」

良衛は首を左右に振った。

「しばし、待っていてくれ」

三造に指示して、良衛は組屋敷の門へと近づいた。

組屋敷とは、同じ役職、あるいは出自、近似な石高などでひとくくりにした御家人の居住地である。大名屋敷ほどの敷地に、十数軒から数十軒の長屋が並んでいた。

「少しものを伺いたい。石蕗どののお長屋はどちらかの」

良衛は伊賀者組屋敷の門を入ったところにいた年寄りに尋ねた。

「石蕗……二軒あるぞ。どちらの石蕗かの」

年寄りが詳細を求めた。

「御広敷伊賀者で、足を怪我《けが》している石蕗どののなのだが」

「それならば、後蔵じゃな。貴殿は、お医師どののようだが」

年寄りが問うた。

「表御番医師矢切良衛と申す。石蕗どのの足を城中で診せていただいたもの」

「……表御番医師さまが。御番医師さまの診察は、城中だけではございませんので」

妙な顔を年寄りがした。

「たしかに、城を出てしまえばかかわりはなくなりますが、傷が深かったので、その予後が気になりましてな」

良衛は建前を口にした。

「失礼を承知で申しあげますが、この伊賀組にお医師さまの薬代を払える家などございませぬぞ」

暗に帰れと年寄りが言った。

「経過を見に来ただけでござる。薬は出しませぬ」

手ぶらだと良衛は両手を広げた。

「医は仁術という建前を使われるか。昨今、珍しいお方じゃな」

年寄りが感心した。

「この奥から二軒目でござる」

「かたじけない」

礼を述べて、良衛は門のなかへと足を踏み入れた。

伊賀者同心は貧しい。幕府に仕えているなかで、侍身分とはいえ、禄《ろく》は三十俵三人扶持ていど、金にして年に十五両に届かないのだ。庶民のように家賃が要らないとはいえ、とても余裕のあるものではなかった。

「石蕗どののお長屋はこちらか」

良衛は長屋の外から声をかけた。

「どうぞ」

誰何《すいか》もなく、いきなり扉が開かれ、老女が一礼した。

「拙者……」

「存じております る。本日はかたじけなく、石蕗後蔵の母にございまする」

良衛の名乗りを止めて、老女が告げた。

「…………」

すでに知られていた。先ほどの門での遣り取りは、石蕗の家へ訪問を報せるため、良衛を足止めするものだったと理解した良衛は鼻白んだ。

「こちらでございまする」

同心の長屋は小さい。入り口の隣が居室であった。

「じゃまをする」

「……先日はどうも」

夜具に横たわっていた石蕗が、良衛へ礼を述べた。

「役目でござる。お気遣いなく。その後いかがかの」

言いながら近づいて良衛は、石蕗を見た。

「ずいぶんとましでございまする」

石蕗が左足を夜具の外へ出した。

「腫《は》れはあまり変わりませぬな。どれ、触らせていただこう」

「……よしなに」

「ふむ。骨の位置はずれてはおらぬようだ」

晒《さらし》を解いて、副木《そえぎ》を外し、そっと足をなでて良衛はほっとした。

「無茶をして、骨をずらしておらぬかと不安であったが、これならば大事なかろう」

もう一度副木を固定しながら、良衛は告げた。

「かたじけなし」

石蕗がもう一度礼を口にした。

「一つ訊《き》かせてもらってよいか」

「なんでござろう」

「忍は気配を断つと聞いた」

「いかにも」

「普通の者には、おぬしの居所などわからぬのだろう」

良衛が確認した。

「さよう。目を閉じていただけるか」

「こうか」

言われて良衛は従った。

「拙者の息づかいなどお感じになられよう」

「感じまする」

目を閉じたまま、良衛はうなずいた。

「では、ゆっくり三つ数えて下され」

「一つ、二つ、三つ……えっ」

良衛は戸惑った。先ほどまで聞こえていた息づかいがなくなったどころか、石蕗の気配が消えた。今、良衛は居室に一人しかいないと感じていた。

「いかがでござった」

しばらくして石蕗の気配が戻った。

「いや、すさまじいものでござるな」

目を開けて良衛は感心した。晒をまき直したばかりの足を持っていたにもかかわらず、その先にはなにもないと思わされたのだ。

「しかし、それが気づかれたというのは……」

「…………」

石蕗が黙った。

「忍を見つけられるのは……忍でござろう」

「…………」

良衛の推測にも、石蕗は反応しなかった。

「大奥に女忍が居る。これは上様のお命にかかわること。このままにしていてよいものではございますまい」

「…………」

石蕗はまぶたを閉じて、瞳《ひとみ》の変化まで隠した。

「医者を舐《な》めてもらっては困りまする。いかに平静を装ったところで、心の臓までごまかせますまい。脈がいささか速くなられておる」

良衛が足首の脈所に指を置いていた。

「……つっ」

急いで石蕗が足を夜具へと戻した。

「相手は女忍。では、その女忍はどこに」

「お答えできませぬ。口外を禁じられておりまする」

あきらめた石蕗が声を出した。

「磯田どのより聞いておられよう。拙者は大目付松平対馬守さまの……」

最後は匂わすだけに止めたとはいえ、暗に良衛は己が探索方の一人だと告げた。

「……………」

ふたたび石蕗は沈黙に入った。

「話して下さる気はなさそうでございますな」

これ以上は無駄だと悟った良衛は腰を上げた。

「骨を治すには、十分滋養のものを摂られるようになされよ。雉《きじ》肉や白身の魚など肉になるものを食されるだけでなく、芋やかぼちゃなどの黄色野菜も必須《ひっす》でござる」

指導を残して、良衛は石蕗のもとを辞した。

「帰るぞ」

組屋敷外で待っていた三造に、良衛は声をかけ歩き出した。

「終わられましたので」

「うむ。経過良好であったわ」

満足そうに良衛はほほえんだ。

「やれ、金にならぬというに、そんなうれしそうな顔を。そこまで先代さまに似られなくともよろしいものを」

三造があきれた。

「血だな。代を重ねても矢切の家が豊かになることはないだろうよ」

良衛は笑った。

「少しは、一弥さまのこともお考えになられませぬと」

「大事ない。一弥のことは弥須子がするだろう。よいようにな。もう剣術の時代ではないのだ。矢切家が代々受け継いできた医術は進化しつつも継承されていく。同じように伝えられてきた戦場剣術は吾《われ》の代で潰える。泰平の世に人殺しの術は要らぬ。医者は人を生かすだけでいい」

少しだけ良衛が寂しそうにした。

「…………」

「先に帰ってくれ。少し思い出したことがある。薬箱を頼む」

黙った三造へ、良衛は別行動を示唆した。

「へい」

三造が首肯して、早足に離れていった。

「……………」

その背中を見送って、良衛は目についた路地へと足を向けた。

四谷はほとんど新宿である。江戸の城下の外れで、微禄《びろく》の御家人屋敷と町屋が入り組んでいる。大通りこそ人の姿はあるが、少し外れて御家人の屋敷が並ぶ辻《つじ》ともなると一気に人気はなくなった。

「お望みどおり、一人になってやったぞ」

足を止めて良衛は後ろを振り向いた。

「ほほう。気づいていたとは」

少し離れたところを歩いていた若い商人が笑った。

「その声は、先ほど組屋敷の門をはいったところにいた老人」

すぐに良衛は見抜いた。

「よくおわかりになられたの」

老人が驚いた。

「磯田どののお陰で、忍の外見を信用してはならぬと知りましたゆえ」

「おろかな。忍の本身をさらしてどうするか」

老人が怒った。

「ご用件をお伺いいたしたいのだが、手早くすませていただきたい。お待ち願っている患家の治療に入らねばならぬのでな」

「これは失礼。年寄りになると、どうも他人《ひと》の事情に疎くなってしまって……」

頭を下げた老人が、一気に間合いを詰めてきた。

「……ぬん」

良衛は腰に差していた脇差《わきざし》を抜き、迎え撃った。

「ほう……やる」

弾かれたように後ろへ跳んだ老人の手には五寸の細身の片刃刀が握られていた。

「用件を早くとは言ったが、問答無用とはどういうことだ」

良衛は苦情を申し立てた。

「伊賀のなかに入っていいのは、伊賀者だけ。大目付の探索方を生かして帰すわけにはいかぬ」

老人が断じた。

「ずいぶんだな。患者を助ける医師も敵とは」

「そうせねば、伊賀の秘密は守れぬ」

　ふたたび老人が迫った。

「二度は通じぬ」

　良衛は脇差を下段に落とした。

「……………」

　声もなく、老人が突いてきた。

「なんの」

　良衛は下段の脇差を上にはねさせた。

「……危ないの」

　危うく右手を切り飛ばされそうになった老人が退いた。

「医者とは思えぬ、その動き、おぬしなにものだ」

　老人の目が細められた。

「先ほど名乗ったはずだが。もう忘れたか」

　言いながら良衛は脇差の柄から左手を離した。

「表御番医師というのはまちがいなかろう。医術もしっかりしているようだ。だが、それはなんの保証にもならぬ。放下《ほうげ》を得意とする忍ならば、それくらいのことはしてのける」

「放下……」

良衛は首をかしげた。

「化けることよ。忍は、年寄りでも子供でも、医者でも坊主でも、要りようとなればなんにでもばける。遊女として、男に抱かれても気づかれぬほどなのだ」

老人が教えた。

「それはどうやるのか、興味があるな。だが、吾は正真正銘、和蘭陀流外科術の医師、矢切良衛である」

きっぱりと良衛は宣した。

「それがなぜ、伊賀を調べる」

「患家の治療に要るからだ」

「ふざけたことを」

鼻先で老人が笑った。

「大目付と繫《つな》がっている医師などおるはずはない」

老人が手にしていた刃物を投げつけた。

「ふん」

あっさりと良衛は、脇差で払った。

「甘い」

その一瞬を老人は待っていた。老人は良衛の切っ先が横へぶれた隙間へ、身体を滑りこませた。

「伊賀の秘密を探ろうとした罰を受けろ」

老人の右手が良衛の喉《のど》に入った。

「がはっ」

喉を絞められて良衛は呻《うめ》いた。

「……死ねええ」

強く老人が締めた。

「こ、い、つめ」

良衛は空いていた左手で、老人の右手を摑《つか》んだ。

手首の肩側、骨の間に指を食いこませた。

「ぐうううう」

「おとなしく……せんかあ」

老人が一層力を入れようとした。

「ぬん」

息を止めた良衛が、左手に力を入れた。

腕の骨も二本あった。太い尺骨とやや小さな橈骨《とうこつ》である。その尺骨と橈骨の間を、良衛は無理矢理広げた。二本の骨の周囲に腕を動かす筋肉が付いている。筋肉はかならず骨に付く。大地に足が着いていないと歩けないように、筋肉は骨に付いていないと縮めない。骨と筋肉にはちょうどいい間隔があった。それを良衛はずらした。骨がずれれば、肉が力を発揮できなくなり、老人の右手から、良衛はあっさりと脱出できた。

「こやつ」

「医者を舐《な》めるな。人の身体を医者ほど知るものはない」

三度間合いを空けようとした老人の後を良衛の脇差が追った。

「あつっ」

良衛の一撃が老人の胸を割った。

「届かぬはず……」

老人が目を剝《む》いた。

「片手薙《な》ぎは伸びる。ならわなかったのか」

注意深く良衛は接近し、動きの止まった老人へ脇差を突きだした。

「……あくっ」

水平にされた脇差の刃が、老人の肋骨《ろっこつ》の間を滑り、心臓を突き破った。

「殺しに来た者を助けはしない。菩薩《ぼさつ》じゃないんだ」

血を噴き出しながら倒れていく老人に、良衛は冷たく告げた。

第四章　将軍の任

一

将軍の仕事でもっとも大切なのは、政《まつりごと》ではない。政は将軍でなくとも、老中たち執政でも代行できる。唯一将軍にしかできない、たとえ大老でさえ代われないものがある。後継者作りであった。

徳川幕府は、初代将軍徳川家康が、豊臣家を関ヶ原の合戦で破り、天下人となったことで創立された。幕府の最高位である将軍は、当然のごとく家康の血筋に受け継がれていく。これは天下人の決まりである。

徳川家も二代秀忠、三代家光、四代家綱と直系の相続が続いた。だが、四代家綱に子供ができなかった。そこで五代将軍に誰がなるかという問題が出た。表向きにはすんなり家綱の弟綱吉に決まったように見せかけているが、その裏ではすさまじい暗闘が繰り広げられていた。

　五代将軍となることのできる者は多かった。まず、家綱の弟綱吉、家綱の弟で綱吉の兄だった綱重の遺児綱豊、御三家尾張、紀伊《きい》、水戸の当主、その嫡男、そして家康の次男結城秀康《ゆうきひでやす》の子孫、越前松平綱昌《つなまさ》である。これだけでもややこしいところに、ときの大老酒井雅楽頭忠清が宮将軍を言い出して、さらなる混迷を呼んだ。

　徳川家と祖を同じくし、早くからその股肱《ここう》の臣として支えてきた酒井家の威勢は大きく、一時は宮将軍に決まりかけた。それをひっくり返したのが、先日殿中刃傷《にんじょう》によって横死した大老堀田筑前守正俊であった。堀田筑前守は、酒井雅楽頭が下城した留守を利用して、病床にあった家綱と綱吉を面会させ、直接将軍の座を譲らせた。まさに深夜の大逆転であった。おかげで政争もなく、無事に五代将軍は家康の血を引く、綱吉になった。

　しかし、一つまちがえれば、家康の系統から将軍位が奪われていたかも知れないのだ。宮将軍が擁立されたところで、家康の系統は格別な扱いをうけただろうが、一大名に落とされてしまうのは確かである。となれば、幕府の思惑で領地を移されたり、減らされたり、どころか潰《つぶ》されてしまいかねない。

　己の地位が、血という曖昧《あいまい》なものによりかかっていると気づいた徳川の一門は震え上がった。とはいえ、血を否定するわけにはいかなかった。家康の子孫だから、生きていけている。

血による相続が途切れたとき、滅ぼされるという恐怖をもっとも身近に感じたのは、誰あろう綱吉であった。

三代将軍家光の子供、四代将軍家綱の弟という最高の血筋であるにもかかわらず、将軍継嗣《けいし》の座を有栖川宮《ありすがわのみや》に奪われかかったのだ。もし有栖川宮将軍が成りたっていれば、綱吉はその最大の敵となる。いつ血統の正統を口にし、謀叛しないとも限らないのだ。なにより酒井雅楽頭が放置しておかない。いつ巻き返しに出るかわからない相手を、野放しにするようなまねをするようでは、執政など務まらない。

「同じ思いを、二度とするわけにはいかぬ」

将軍継嗣が執政の都合で変えられるとわかった綱吉は、誰からも文句のでない直系相続にこだわった。

なれど綱吉の嫡男徳松は、江戸城に入るなり亡くなってしまった。

生まれた子供の半分も育たないのが当たり前、無事に七歳を迎えられればお祝いをとなるほどだが、庶民とは違う。綱吉には、血を分けた息子を作らなければならない義務があった。

「上様、今宵、お伝の方さまをお召しでございまする」

昼過ぎ、中奥小姓が大奥からその日の予定を問い合わせにきた女坊主に告げた。

「承りましてございまする」

女坊主がうなずいた。

大奥にもお城坊主が居た。お伽《とぎ》坊主とも言われ、大奥の雑用を担った。もちろん、女であるが、大奥と表を制限なく自在に出入りできた。

将軍家の予定を聞き合わせるときだけ、女坊主は上の御錠口《おじょう》と呼ばれる中奥と大奥をつなぐ廊下を使用できる。

「恵庵《けいあん》、上様の御用承りましてござる」

分厚い杉の一枚板の前で、女坊主が声をあげた。

「承った」

御錠口番の女中が応じ、杉戸がゆっくりと引き開けられた。

将軍が大奥に来る。

大奥にとって日常ながら、一大事であった。

まず綱吉の来訪は、大奥の主である御台所鷹司信子に報される。

「また伝か」

先日の意見を無視した綱吉に、信子が不機嫌な顔をした。

「御台さま」

「わかっておるわ」

宇治野の注意に信子が頰《ほお》をゆがめた。

「まだなにもわからぬのか」

「多少は見えて参りましたが、まだ全容とは参りませぬ」

問われた宇治野が首を振った。

「どうやら山科《やましな》さまがかかわっておられるようで」

「山科が……」

信子が驚いた。

「あの者は、京の出であろう」

「はい。山科権中納言《ごんちゅうなごん》さまのご一門のはずでございまする」

宇治野が答えた。

「江戸へ来たのは、行儀指南のためじゃな」

「でございましょう」

確認された宇治野が首肯した。

徳川幕府もそうだが、武家が天下を取ると、武力ではなく礼儀へと方針を変えていく。これは、武を推奨することで、力をつけた者が幕府に刃向かっては困るからである。礼儀や礼法に比重を置くことで、武が拡がるのを予防しているのだ。

といっても、武家に刀の使い方はわかっても、礼儀など理解できるはずもない。そこで、幕府は京の朝廷に、指南役を派遣してもらうようになった。

こうして京から江戸へとやって来たのが、指南役と呼ばれる女中であった。当然ながら、礼儀礼法に通じていなければならないため、選ばれるのは公家《くげ》の娘となる。

さすがに将軍正室となれる五摂家のような格の高い家からは出ないが、名門ながら貧しい公家の娘が多い。山科もそうであった。

山科は四代将軍家綱の正室だった伏見宮貞清親王《ふしみのみやさだきよしんのう》の娘浅宮顕子《あさみやあきこ》の輿入《こしい》れに同道し、そのまま上臈として大奥に残り、女中たちの教育を担っていた。

「わかっているならば、罰せよ」

「証がございませぬ」

「なければできぬのか。妾《わらわ》の名前で謹慎を申しつけてもよいぞ。いや、綱吉どのになにかあっては困る。思いきって大奥から放逐すればいい」

信子が告げた。

「そうは参りませぬ」

難しい顔で宇治野が首を振った。

「どういうことじゃ」

「山科は大奥の指導役……おわかりになられませぬか」

宇治野が信子へ問うた。

「……そうか」

信子が気づいた。

「大奥女中のほとんどが、山科の教えを受けているのだな」

「ご明察でございまする」

宇治野が信子を讃えた。

「山科を罪に問えば、大奥女中ほとんどの反発を買いまする」

「主《あるじ》は妾《わらわ》ぞ。主たる妾が言えば、皆従うはずじゃ」

信子が不満を口にした。

「やりようはいくらでもございまする」

宇治野が少し目を伏せた。

「御台さまのご命を果たさなかったり、遅らせたり、咎《とが》めようのない形で……」

「…………」

言われた信子が黙った。

「誰の目から見ても、明らかに罪だとわかれば、さすがに大丈夫でございまするし、山科が罪人とわかっていながら、御台さまに逆らうようなまねをいたせば、いくらでも咎められまする」

「恣意《しい》だと思われてはならぬというわけだの」

「はい」

宇治野が認めた。

「見つけられるのか」

「やらせてはおるのでございまするが、なにぶん、表だってとはいきませぬので」

派手に動いて、相手に報せては証拠を隠されてしまう。

「なさけないの。将軍の御台所が、女中たちの顔色を窺《うかが》いながら、鼠《ねずみ》のようにせねばならぬとは」

「……申しわけもございませぬ」

息を吐く信子に、宇治野が詫《わ》びた。

「なにか打つ手はないのか」

あらためて信子が問うた。

「まず伊賀者を襲ったという別式女を特定せねばなりませぬ」

「別式女か。それほど数はおるまい」

信子が言った。

「身分低き者でございますので、正確に把握しているわけではございませぬが、火の番はおよそ四十名ほど」

「思ったよりも多いの」

信子が意外だと言った。

「火の番は、大奥の守りでございますれば」

「それだけ多いと、一人一人調べるのは手間じゃの」

「幸い、十五名は御台さまの館《やかた》づきでございまする。残り二十五名のうち、八名がお伝の方さまの局《つぼね》の者。差し引き十七名」

「待て、伝の局の者を外してよいのか」

対象人数を減らした宇治野へ、信子が苦情を申し立てた。

「お伝の方さまが、上様を害されることはございませぬ」

「なぜ断言できる」

信子が詰問した。

「お伝の方さまの権勢は上様があってなりたつもの。上様がお亡くなりになられれば、それまでなのでございまする」

「たしかに……」

「もし、徳松君さまがご存命であれば、もっとも最初にお伝の方さまを疑ったでございましょう。上様になにかあれば、六代は徳松君さま。さすれば、お伝の方さまはお腹さまから、将軍ご生母になられまする」

「将軍生母だと」

苦い顔を信子がした。

大奥の主は将軍家御台所である。ただし、これは将軍が生きている、あるいは代替わりしていないときだけである。信子の御台所という称号は、綱吉が死んだ瞬間に消え、大奥の主ではなくなる。その代わりに台頭してくるのが、六代将軍の生母となったお伝の方だ。将軍生母は大奥の主ではないが、御台所が決まるまでは、最大の権力者に違いなかった。

「あいにく徳松君さまは夭折《ようせつ》なさいました。鶴姫さまがおられるとはいえ、すでに紀州家へ輿入れされておられまする。今、上様になにかございましたら、お伝の方さまは大奥を出て、紀州家へ行くしかなくなりまする」

宇治野が説明を続けた。

「世俗でも申しまする。娘の嫁入り先に世話になるのは肩身が狭いものだそうでございまする。上様の寵愛《ちようあい》深いお腹さまとして欲しいがままに振る舞える大奥を出なければならなくなるようなまねを、お伝の方さまがなさるはずはございませぬ」

「わかった」

信子が納得した。

「残り十七名をどうやって調べる」

「館の火の番、別式女どもに顔見知りの者にあたるよう申しつけておりますが……」

芳しくないと宇治野が首を左右に振った。

「他に手はないのか」

「我らのできるのは、これが精一杯かと」

「直接、妾が山科を問いつめてくれる」

信子が腰を上げかけた。

「御台さま」

あわてて宇治野が信子の裾《すそ》を押さえた。

「いかぬのか」

さすがに腹心の制止を振り切るわけにもいかず、信子が足を止めた。

「いけませぬ。御台さまはおかかわりあいになられぬようにお願いいたしまする」

「なぜじゃ」

信子が訊《き》いた。

「山科の手が御台さまに伸びて……」

「くっ」

言われて信子が呻《うめ》いた。

将軍を狙っているかも知れない相手が、御台所に害を加えるのを遠慮するとは思えない。

「どうぞ、わたくしめにお任せくださいますよう」

「そなたは大事ないのか」

腹心の安全を信子が気遣った。

「一人になりませぬゆえ」

ちらりと部屋の隅で控えている女中へ、宇治野が目を遣った。

「わかった。頼むぞ」

「はい」

宇治野が手を突いた。

二

宿直明けで屋敷に帰った良衛は、岳父の呼び出しを受けた。

「ようやくか。しかし面倒な」

良衛はため息を吐いた。用があるならば、城内で話せばすむ。今まではそうであった。百五十俵と千二百石、身分が違いすぎることもあり、弥須子と婚姻をなしてからも良衛は今大路の屋敷の門を潜《くぐ》ったのは数回しかない。

「ご用意を」

弥須子が着替えるようにと言った。

着替えるといったところで、医師の正装は決まっている。黒の紋付きを羽織るだけである。

「行って来る」

「佳《よ》き報せでございましょう」

午前中の報せは慶事というのが、慣例である。めでたい報せに違いないと、弥須子は喜んでいた。

「だとよいがの」

面倒ごとだろうと良衛は予想していた。いい話ならば、つい先日会ったときに、耳打ちしてくれるはずである。慶事は少しでも早く報せたい、凶事はできるだけ遅くしたいというのが、人情なのだ。

今大路家の屋敷は日比谷《ひびや》御門内にあった。千二百石としては破格の扱いだが、これは将軍家の筆頭侍医として、なにかあったとき、すぐに駆けつけられるようにとのためであった。

「矢切でござる」

大門脇の潜りを良衛は叩《たた》いた。

招かれた娘婿である。大門を開くようにと求めても問題はないが、それを弥須子の姉たちに知られると、あとがうるさい。

正妻の子である姉たちは、側室から生まれた弥須子を下に見ている。となれば、その婿の良衛も格下扱いを受けた。

旗本に嫁いだ長女はまだよかった。弥須子のすぐ上の姉、紬《ゆう》が問題であった。医者の名門奈須《なす》家へ嫁いだ紬は、夫である玄竹《げんちく》が寄合医師であるのを自慢し、良衛を侮っていた。もし、大門から良衛が出入りしたなどと知れば、早速弥須子のもとへ来て、嫌みを言いかねない。そうなれば、紬から嫌がらせを受けた弥須子の機嫌は悪くなり、宥《なだ》めるのに手間がかかるのだ。

「医者に身分なぞあるか。あるのは腕がいいかどうかだけだ」

良衛からしてみれば、馬鹿らしいことこの上ないが、旗本というくくりのなかにいる限り、避けられない問題であった。

「お待ちいたしておりました。今、門を」

「いや、いい。ここから入れてくれ」

大門を開けようとした門番を、良衛は止めた。

「はあ」

門番が戸惑った。

一門は誰もが、偉ぶる。それだけの格式を今大路家は持っている。

「手間がかかるだろう。医者はなにごとも迅速でなければの」

「畏《おそ》れ入りました」

適当な口実に感心しながら、門番が潜りを開けた。

「矢切さまお見えでございまする」

門番が玄関へと報せに走った。

格が違うからといって、娘婿には違いない。さすがに勝手口からということはなく、玄関から案内された。

「ここでお待ちを」

いくつかある客間の一つで良衛は今大路兵部大輔を待った。

「お茶を」

若い家士が茶を出してくれた。

まともな武家では、客の接待を女にさせることはない。

「かたじけない」

遠慮なく良衛は茶を喫した。

「うまいな。城中とはえらい差だ」

良衛は感心した。

城中の医師溜にも茶の用意はある。茶葉は、一年にいくらと決められた勘定方からの支給費用から出されているが、微々たるもので、湯に色が付いているというていどの安物しか買えない。

「当たり前だ」

独り言に答えるようにして、今大路兵部大輔が客間に入ってきた。

「京の親戚《しんせき》が送ってくれた宇治の茶ぞ。ゆっくりと味わえ」

説明しながら今大路兵部大輔が上座へ腰を下ろした。

「馳走になっておりまする」

先日会ったばかりである。無沙汰《ぶさた》を詫《わ》びる言葉はおかしい。良衛は茶の礼を挨拶《あいさつ》の代わりにした。

「さて、互いに忙しい身だ。無駄にときを使うわけにもいかぬ。話をさせてもらう」

「どうぞ」

良衛も湯呑みを置いた。

「矢切、そなたに内示である」

「内示……」

良衛は怪訝《けげん》な顔をした。

「まだ表御番医師になって三年ほどでございますが」

幕府医師の定員は少ない。さらに幕府医師という肩書きは大きく、開業医としての看板になるだけでなく、豪商や諸大名などから往診を求められることも多い。幕府医師かどうかで、収入は倍以上変わってくる。だけに欠員などまずでなかった。良衛も前任者の出世に伴う欠員のところに、舅《しゅうと》の強引な手腕ではめこまれただけで、普通ならば良衛の若さで御番医師などありえなかった。

「異動でございますか」

「そうだ。次の当番から御広敷番をしてもらう」

「…………」

言われた良衛は黙った。

「どうした。表御番医師よりは格上だぞ。何年かすれば奥詰めになれる」

反応のない良衛に今大路兵部大輔が不満かと訊《き》いた。

「義父上《ちちうえ》。どなたからお話がございました」

「な、なんだ」

低い声で問うた良衛に、今大路兵部大輔がうろたえた。

「対馬守さま、あるいは……」

「…………」

今度は今大路兵部大輔が沈黙した。

「やはり……」

「……なぜわかった」

「わかりまする。もう、何度目でございましょう。御上の裏にかかわらされるのは」

良衛は嘆息した。

「御広敷伊賀者の怪我《けが》、それもおそらくは大奥女中によって喰《く》らわされたもの。それでいて、詳細を口にしない伊賀者……大奥には大目付であろうとも手出しできませぬ。対して、医師は大奥でも入れる。そして、医師の人事は典薬頭さまの差配」

「言われてみれば、気づいて当然のように思えるが……そこまで」

「すれてございまする。人の嫌な部分を見過ぎましたゆえ」

感心と憐《あわ》れみの両方をこめた今大路兵部大輔へ、良衛は肩を落としてみせた。

「医者には、要らぬ経験ではあるが……奥医師になるには必須《ひっす》であるぞ」

典薬頭は今大路と半井両家の世襲制であるため、奥医師が幕府医師として最高の地位になる。天下に名前が響き渡る名医ならば、幕府から招かれて奥医師となることもあるが、大概は表御番医師、寄合医師などを経てあがっていく。年数もかなりかかるが、それよりも城中での振る舞いなどが重視された。

「奥医師になりたいとお願いした覚えはございませぬ」

良衛は首を左右に振った。

「奥医師になれば、患家の礼も増える。なにより、患家の層が変わる。豪商や大名が辞を低くして往診を乞う。当然、薬礼も一桁《ひとけた》あがる。名声と金、医者ならば誰もが求めるものが手にはいるのだぞ」

今大路兵部大輔があきれた。

「金には困っておりませぬ。禄《ろく》をいただいておりますので」

少ないとはいえ矢切家は百五十俵取りの旗本である。もとは御家人だったが、表御番医師になったときに、格上げを受けて旗本となっていた。

領地を与えられている旗本を石取りといい、俵で支給される者を扶持米取りという。石は、表高を表し、それだけの米が取れる知行所を持っているとの意味で、実質の収入はその年貢分に減る。五公五民だと半額になる。一方扶持米は、玄米を直接支給されるので、目減りがない。もっとも、収入では上回っても、扶持米取りの格は低く、石高取りの旗本には遠慮しなければならなかった。

百五十俵は、一年に玄米百五十俵を支給される。一俵を幕府は三斗五升と決めている。百五十俵はおよそ六十石であり、金にすれば、精米の目減りを受け、五十三両ほどになる。一両で一カ月生活できる庶民と比すわけにはいかないが、矢切家は金に困るほど貧しくはなかった。

「出世したいと思わぬのか。奥医師になれば、矢切家の格はあがるぞ」

奥医師は将軍とその一族を診《み》る。だけに、あるていどの格でなければならなかった。外部から腕で招聘《しょうへい》された者は、別の扱いになるが、良衛のようにもとからの幕臣ならば、少なくとも石高取りにあがる。

「扶持米百五十俵であれば、石高取りとなったあかつきには、二百石はかたいぞ」

表高の半分が実収になる。さすがに出世させて収入を減らすわけにはいかない。単純に計算して、矢切家は石高取りになれば、百二十石以上が保証された。

「ありがたいお話ではございますが……」

良衛は出世にあまり興味がなかった。

「出世すれば、金も増え、新しい医書や高貴薬も買えるぞ」

今大路兵部大輔が述べた。

「それは……」

誘惑であった。

医者にとってなにが悔しいといって、病気を治せないことに尽きる。

この薬さえあれば助かった。この本に記されていた新しい治療法を知っていれば、延命できた。

誰もが経験することには違いないが、いくつになっても己の無力を報されるのが医者である。

もちろん、どれほどよい薬であろうが、治療法であろうが、患家に支払い能力がなければ、医者が勝手に使うわけにはいかない。

医術には厳格な決まりがあった。患家の支払い能力をこえたまねをしてはならないのだ。それぐらいどうということはないと思うかも知れないが、一人例外を作れば、その後も続けなければならなくなる。

「あいつには薬をただでやったのに、わたしにはくれないのか」

かならずそういった要望が出る。それに応じる余裕があればいいというものではない。かならず、周囲も巻きこむ。一人の医者がそういう無茶をし出すと、他の医者にも同じことを人々は求める。無理をするだけの余力がない医者だと要望を断らざるをえない。そうすれば、悪評が立ち、その医者へ患者が行かなくなる。医者が潰《つぶ》れれば、そこに医療の空白が生まれてしまう。助かるべき人が死ぬことになりかねないのだ。

それでも、いざというときに対応できる余裕は、医者にとって魅力であった。

「弥須子も喜ぼう」

今大路兵部大輔が娘の名前を出した。

「…………」

妻の名前を出されると良衛は黙るしかなくなった。弥須子の思いは、良衛もわかっている。無理矢理今大路兵部大輔から押しつけられた妻だが、身体を重ね、子までなしたのだ。それなりの情はある。

「御広敷番になれば、女を診られるぞ。なにより、同僚は女を専門とする者ばかりだ。よい話が聞けよう」

「うっ」

女の治療は、良衛にとって課題であった。

「逆らっても無駄だとわかっておろうが」

「義父上さまのお力で……」

「できるわけなかろう。上様のご内意ぞ」

今大路兵部大輔があきれた。

「上様の……大目付さまのご指示でなく」

良衛は驚いた。

「大目付からの話ならば、端《はな》から受けておらぬわ。畑違いのことに口出しはご遠慮願おうとな」

表情を厳しくして、今大路兵部大輔が述べた。

「わかりましてございまする」

良衛は抵抗をあきらめた。

「一つお願いが」

「なんじゃ」

「女の身体を学びたいと考えてはおりますが、わたくしは外道医。いずれは表御番に戻していただきますよう。大奥では外科術の出番が少ないでしょうし」

表御番医師への復帰を良衛は条件とした。

「たしかに、あまりお女中が怪我をされたという話はきかぬな。わかった。適当な時期を見て戻そう。御広敷を務めた経歴は、かならずや次に生きてくる」

今大路兵部大輔が認めた。

「これで用件は終わった」

雰囲気を今大路兵部大輔が柔らかいものにした。

「ところで、二人目の子はまだできぬのか」

今大路兵部大輔が話を私《わたくし》のものに変えた。

「はあ。あいにく」

「まさかと思うが、弥須子と閨《ねや》をともにしておらぬということはなかろうな」

「……毎日ではございませぬが……」

閨ごとの回数を妻の父から訊《き》かれるとは思ってもいなかった良衛が口ごもった。

「ふむ。それならばよいが。矢切には跡取りの一弥がおるとはいえ、子が一人では寂しいであろう。子供は多ければ多いほどいい」

「こればかりは、さずかりものでございますので」

良衛は逃げ腰になった。

「たしかにの。余も男子が欲しくて、側室まで持ったが……まあ、弥須子ができたのは、よかった。弥須子がいたゆえ、そなたとの縁ができた」

弥須子の母に手をつけた直後、今大路兵部大輔の正室が男子を産んでいた。

「…………」

道具のように娘のことを扱う今大路兵部大輔に良衛は反発を感じていたが、縁を喜んでいると言われてはなにも言えなかった。

「一弥の勉学はどうだ」

「弥須子がやらせておるようでございまする」

尋ねられた良衛は告げた。

「重畳だな。弥須子ならば、一弥をしっかり躾《しつけ》るであろう。あやつは上を見ている」

満足そうに今大路兵部大輔がうなずいた。

「どうだ、なにか新しい話はないか」

今大路兵部大輔が、最新の医術について質問した。

「最近は、ございませぬ」

良衛はないと答えた。

「そういえば、先日宇無加布留《うにこうる》が話題になったのは、知っているな」

「……知っております」

　宇無加布留にかかわる話は、綱吉毒殺未遂に繋《つな》がっていた。その探索に良衛は狩り出され、台所役人とやりあった。任以外での苦労が激しかった割に、なんの見返りもなかったのだ。良衛が嫌な顔をするのも無理はなかった。

「宇無加布留の実物を見たぞ」

「なんと……」

　良衛は身を乗り出した。

「上様がな、甲府宰相さまに下賜されるために、富士見宝蔵からお出しになられた宇無加布留を、余が切らせていただいた」

　今大路兵部大輔が述べた。

「どのようなものでございました」

　顔を近づけて、良衛は情報を求めた。

「近いぞ」

　うっとうしそうに今大路兵部大輔が手を振った。

「申しわけございませぬ」

　詫《わ》びて良衛は、座り直した。

「うむ。宇無加布留はな、灰白でやや黄ばんだ色をしており、見た目よりも軽い。中空だからであろうか。手触りは鮫《さめ》の肌を触っているような感じである」

「切り取りは刀で」

「いや、刃物では削れるのがよいところでな。あるていどの大きさを取るため、鋸《のこぎり》を使った。思ったよりは簡単に切れた」

今大路兵部大輔が思い出すようにして言った。

「削り粉は、どうなさいました」

「上様のものだぞ。しっかりお返しした」

良衛の確認に今大路兵部大輔が応えた。

「匂いは、空中に舞った削り粉をお吸いになられたはず」

「そこまで突くか、そなたは」

今大路兵部大輔が、あきれかえった。

「教えていただきたい」

引いてる義父などおかまいなしに、良衛は頼んだ。

宇無加布留は一角獣の角のことだ。万病の妙薬といわれ、とくにあらゆる毒を解く高貴薬として知られていた。南蛮でも稀少《きしょう》とされ、渡来することも滅多にない。同じ重さの金よりも高いとされ、まず良衛の手に入ることはなかった。

「癖のきつい匂いはない。吸いこんだが鼻に刺激がくることもない」

今大路兵部大輔が語った。

「吸いこんで以降、義父上《ちちうえ》の体調はいかがでござろう」

「特段、良くも悪くもないな」

少し考えて、今大路兵部大輔が話した。

「ううううむうう」

大きく良衛はうなった。

「知識にどん欲なのはよいが、手に入らぬもののことを考えてもしかたなかろう」

良衛の熱気に当てられた今大路兵部大輔が宥《なだ》めた。

「……ご無礼をいたしました」

義父とはいえ、失礼な態度であったのは確かである。良衛は謝った。

「いや、勉学のためとあれば咎《とが》めはせぬ」

今大路兵部大輔が気にするなと許した。

「さて、話を戻そう。明日《あした》の朝、一度表御番医師溜へ出よ。昼前に呼び出すゆえ、それから御広敷へ動け」

いかに身内とはいえ、私邸で役目の異動をすませるわけにはいかなかった。

「わかりましてございます」

良衛は首肯した。

三

一日の執務を終えた将軍は、中奥で夕餉《ゆうげ》と入浴をすませてから大奥へと移った。

「お成りでございまする」

中奥小姓が声を張りあげ、天井から垂れている紫の紐《ひも》を引く。

将軍大奥入りを報せる鈴が鳴った。

「承って候」

上の御錠口が開いた。

「ご案内つかまつりまする」

御錠口番の女中が、杉戸の向こうで平伏していた。

「うむ」

うなずいた綱吉が、立ちあがった御錠口番の後についた。

大奥での将軍の居所は、上の御錠口を入ってすぐのところにある小座敷である。小座敷とはいえ、上段の間、下段の間、控えの間がついた立派なものだが、御台所の居室がちょっとした大名屋敷ほどあるのに比して小さい。これも大奥での将軍の扱いを表していた。

「酒《ささ》の用意をいたしましょうや」

御錠口番から綱吉の面倒を引き継いだ小座敷担当の中臈が問うた。

「今宵は要らぬ。代わりに茶をもらおう」

綱吉が茶を所望した。

「はい」

首肯した中臈が、控えの間へ下がり、やがて茶碗《ちゃわん》を捧《ささ》げ持って戻ってきた。

「どうぞ」

「いただこう」

大奥では客でしかない。綱吉は中臈へ礼をした。

「…………」

茶碗に入った濃茶をゆっくりと綱吉は喫した。

「伝でございまする」

小座敷の外から声がした。

「開けよ」

綱吉の指示で、襖《ふすま》が左右に引き開けられた。

「お呼びをいただきましたこと、身に余る光栄でございまする」

お伝の方が、廊下に平伏していた。

「入れ」

綱吉が招いた。

「畏《おそ》れ多い」

その場でお伝の方が身を揺すった。

これは将軍の威光に押されて、進めないとの意味であった。形式だが、これを三度繰り返さない限り、近づくわけにはいかなかった。

「参れ、参れ」

三度呼びかけてようやく、お伝の方が小座敷上段の間へと入った。

「少し話などいたそうか」

綱吉が立ちあがった。

「お供を」

お伝の方が寄り添った。

「案内は不要じゃ」

前に立とうとした中臈を制し、綱吉がお伝の方の手を握り、小座敷上段の間の右手奥にある蔦《つた》の間へと移動した。

蔦の間は、将軍と御台所、側室などが茶を飲んだり、酒を酌み交わしたり、話をしたりするための場である。

「茶も先ほど飲んだしの。今から酒の用意をさせては、手間がかかる」

お伝の方を抱きかかえるように腰をおろした綱吉が悩んだ。

「お話をさせていただくだけでも、伝はうれしゅうございまする」

綱吉との間に二人の子をなし、十数年にわたって身体を重ねた仲でありながら、お伝の方は小娘のように恥じらった。

「愛《う》いやつじゃの」

綱吉が一層お伝の方を強く抱いた。

「伝」

「はい」

声をひそめた綱吉に、お伝の方も小さく応じた。

「そなたの局《つぼね》でみょうなことはないか」

「わたくしの局で……」

お伝の方が綱吉の意図を感じようと目を見つめた。

局とは、側室などの与えられる住居を言った。それから転じて、お伝の方に仕える女中すべてとの意味も持っていた。

「最近新しい者は入っておらぬか」

「ここ一年は、代わっておりませぬ」

問われたお伝の方が首を左右に振った。

「…………」

「上様、なにを仰せられましょうとも、伝は平気でございまする」

ためらった綱吉を、お伝の方が促した。

「……寝返っているような者はおらぬか」

「おりませぬ。と申しあげたいところではございまするが、人の心まではわかりませぬ」

お伝の方が無念そうに言った。

「調べられるか」

「しばしときをいただいても」

「あまり悠長にはやれぬが」

「父に……」

「黒鍬者を使うか」

綱吉がお伝の方に確認した。

「はい。黒鍬者ならば大奥にも詳しゅうございますゆえ」

黒鍬者の仕事に、毎朝御台所の湯殿用の水を城外から大奥まで運びこむというものがあった。

「妙案であるな」

綱吉が認めた。

「上様、そこまでお気になさるというのは、なにかございましたので」

「躬《み》にはなにもないが、少し気になることがある」

伊賀者が襲われたという話を綱吉がした。

「よろしくございませぬ」

お伝の方が眉《まゆ》をひそめた。

「まあ、躬には仕掛けてこぬと思っておるが……」

「なぜそうお考えに」

お伝の方が首をかしげた。

「躬を害するつもりならば、今までにいくらでも機はあった。なにかあるのではと思わせてしまってからでは、警戒される。その前にすませてしまえばよいだけだろう」

綱吉が答えた。

「何度か、躬は大奥で、信子と伝以外の女を閨《ねや》に呼んでいる」

「………」

他の女を抱いたと言われて、お伝の方が黙った。

「すねるな。どれも一度だけじゃ。躬を満足させるだけの女は、そなたしかおらぬ」

綱吉がお伝の方の肩を引き寄せた。

「上様のご寵愛《ちょうあい》を一身になどと、そのような身分をこえた高望みをいたしてはおりませぬ」

自らお伝の方が身体をすり寄せながら否定した。

「かわいい奴よな……用意をして参れ」

軽くお伝の方の唇を吸った綱吉が命じた。

「はい……」

首筋まで紅に染めながら、首肯したお伝の方が蔦の間を出ていった。

「誰ぞ、もう一度茶を。今度は薄茶をな」

見送った綱吉が手を叩《たた》いた。

将軍の閨に侍る女の身支度は手間がかかった。

まず、入浴である。小座敷近くに設けられている夜伽《よとぎ》専用の浴室で、三人の女中によって身体のすみずみまで洗われる。これは、同時に身体改めを兼ねていた。将軍に危害を加えられないよう、髪を解《と》き櫛《くし》を何度も通すだけなく、口のなか、女のなか、肛門《こうもん》にいたるまで指を入れられて、なにもないか調べられる。

これは御台所以外すべての女に施された。二人の子供を生んでいるお伝の方といえども、避けられない。

　あらためがすめば、紙の元結いで緩く縛られた髪を後ろへ垂らし、顔から首筋、乳房に至るまで白粉《おしろい》を塗り、唇と乳首に紅を差す。

　最後に帯のない白絹の閨着を身につける。これも紐《ひも》で将軍の首を絞められないようにとの配慮からであった。ここまでして、ようやくお伝の方の用意は終わった。

「調いましてございまする」

　薄茶を飲み終わり、手持ちぶさたにしている綱吉のもとへ、小座敷担当の中臈が報告にきた。

「さようか」

　うなずいて綱吉は立ちあがった。

　小座敷上段の間には、夜具が用意されていた。

「よろしゅうございましょうか」

　夜具の上に腰を下ろした綱吉へ、中臈が、お伝の方を招き入れていいかどうかを問うた。

「よい」

「では。襖《ふすま》を開けよ」

　許しを得て、中臈が下段の間出入り口に控えていたお末に命じた。

開いた襖の向こうでお伝の方が廊下に手を突いていた。

「……………」

「近《ちこ》う寄れ」

綱吉が呼んだ。

「はい」

二度目である。今度は無駄な儀式は要らなかった。お伝の方が、閨着が開かないよう左手で押さえながら、綱吉のもとへ進んだ。

「来よ」

「ご無礼を」

手招きされたお伝の方が一礼して、閨着を脱いだ。何一つ身に纏《まと》わない裸体とならねば、将軍の閨に侍ることはできなかった。

「……………」

無言で中臈が、お伝の方の裸体を見た。これも万一がないようにとの見張りであった。

「上様」

感極まった顔で、お伝の方が夜具の上に身を横たえた。

二人の子を生んでより大きくなったお伝の方の胸乳が揺れた。

四

当番として登城した良衛は、いつもどおり表御番医師の溜へと入った。

「おはようござる」

「昨夜はなにもござらなんだ」

毎朝の引き継ぎをすませたのを見計らったように、お城坊主が顔を出した。

「矢切さま、典薬頭さまがお召しでございまする」

「承知した」

打ち合わせずみである。良衛はあっさりと腰をあげた。

「矢切」

出ようとした良衛を、先達である外道医の佐川逸斎《さがわいっさい》が止めた。

「なんでござろうか」

「上役から午前中に呼び出される。これは慶事である」

佐川の表情は硬かった。

宇無加布留の一件で良衛と良好な関係を築いたはずの佐川でさえ、こうなのだ。表御番医師のなかでもっとも新参である良衛が、何段飛びかで出世すると考えた他の医師たちの目つきは厳しかった。

「典薬頭さまの娘婿というのは、よいな」

「愚昧《ぐまい》も上から嫁をもらうべきであった。見目で娶《めと》って失敗したわ」

聞こえよがしな嫌みがあちこちからした。

「佐川先生、まだわかりませぬ。午前中が慶事というのは、慣例でしかなく、確定したわけではございませぬ。まあ、午後の呼び出しでないだけましだとはわかりまするが」

良衛は一同を宥《なだ》めようとした。

「聞いておるのだろう。典薬頭さまより」

佐川が問うた。

「一応、昨日呼び出されましたが……」

隠すわけにもいかず、良衛は正直に答えた。

「やはり、で典薬頭さまはなんと」

さらに佐川が追及した。

「御広敷へ行けと」

良衛は告げた。

「……御広敷」

佐川が呆気《あっけ》にとられた。

「あのような面倒なところへ」

先ほどまで妬《ねた》んでいた別の医師が嘆息した。

「面倒でございますか」

良衛が引っかかった。

「この世に大奥の女ほど面倒なものはおりませぬな。気位が高く、御番医師など人とさえ思っておりませぬぞ」

医師が述べた。

「そう聞いたな」

佐川も同意した。

「なにせ、大奥の女中になれるのは、旗本衆の娘だ。まあ、下働きや目見え以下の雑用女中は別らしいが。旗本のお姫さまが、馬医者よりも格下の御番医師のいうことなど聞くはずもない。治療だからと言って渡した薬はまずいからと言って飲まない、身体に悪いからたばこは控えるよう指導している前で、煙管《キセル》に火をつける。それでいて一日で回復しなければ、藪《やぶ》医者だと罵《ののし》る。あんな傍若無人な者は他にない」

さらに別の歳老いた医師が加わった。

「先達はよくご存じでございますな」

歳老いた医師に、良衛は尋ねるように言った。

「一時御広敷にいたからの」

歳老いた医師が答えた。

「愚昧のころは、まだ番医師が表と御広敷に分かれていなかったからの。日替わりで表と御広敷に詰めていたのだ」

「白雲《はくうん》どののころはさようでございましたか」

佐川が感心した。

「なにせ、ここで一番の古株だからの」

白雲と呼ばれた歳老いた医師が苦笑した。古株は、出世できなかった証である。

大奥が今の形になったのは三代将軍家光の御世である。やがて男子禁制が確立し、表と奥という境目ができた。それに合わせて、当初お城医師と呼ばれていた御番医師が、表と御広敷に分けられた。

「一応、表御番より御広敷番が格上とはされているが、別段扶持米が増えるわけでもない。どころか礼もまずせぬからの、女中どもは。実入りは表御番のほうが、はるかにましぞ」

白雲が語った。

表御番医師は、応急の対応だけしかしないが、それでも世話になったには違いない。

表で御番医師の診察を受けた役人、大名たちのほとんどが、後日礼を持って挨拶《あいさつ》に来た。

「まあ、女中たちは、外へ出られぬというのもあるがの」

興味をなくしたのか、そう言って白雲が去っていった。

「……まあ、なんだ」

気まずそうに佐川が顔を掻《か》いた。見れば、他の医師たちも目をそらしていた。

「足を止めて悪かったな」

「いえ。では」

詫《わ》びる佐川に、良衛は手を振って医師溜を後にした。

「お広敷番を命じる」

今大路兵部大輔からの辞令を受けて、良衛は詰め所を移動した。

「よしなに願いまする」

良衛は中奥に近い御広敷番医師溜で挨拶をした。

「こちらこそ」

「よしなにな」

表御番医師に比べて、御広敷番は少ない。当番は、わずかに四名しかいなかった。

「矢切どのと申されたか。貴殿は外道を専門とされておられるとか」

持ってきた書物などを溜の隅に片づけていた良衛に声がかけられた。

「はい。あの貴殿は」

「木谷水方と申す。本道医でござる」

医師が名乗った。

「矢切良衛でございまする。よろしくご指導を願いまする」

新参である。良衛もていねいに頭を下げた。

「ちと伺いたいことがござる」

木谷が目で、溜の端を見た。

「……どうぞ」

他人に聞かれたくないなと悟った良衛は、先に立って溜の隅へ行った。

「すまぬな」

付いてきた形になった木谷が謝辞を口にした。

「いえ。なにか」

良衛は急《せ》かした。

「表御番医師でござったの」

「朝までですが、三年務めておりました」

問われて良衛は答えた。

「ここ最近のことでござるが、伊賀者の怪我《けが》を診ませんでしたかの」

「伊賀者でございまするか」

早速の反応に良衛は驚きを隠すのに一拍要った。

「……診ました」

「おう。それは重畳」

「重畳……」

よかったという意味の重畳という言葉を出した木谷に、良衛は怪訝《けげん》な顔をした。

「いや。失敬した。どのような怪我でございましたかの」

少しだけあわてた木谷が、話を進めた。

「なにやら棒のようなものに臑《すね》をぶつけたのでございましょう。骨が折れておりました」

良衛は打たれた傷だったことをごまかした。

「さようでござるか。では、伊賀者の命に」

「別状はございませぬな。まあ、二十日やそこら立ち居振る舞いに支障がでていどではないかと」

診断を良衛は述べた。

「その後どうなったかはご存じござらぬか」

「御番医師は、城中だけの対応が決まりでございますが……」

建前を良衛は出した。

「でござったな。いや、お手を止め申した」

木谷が礼を述べて離れていった。

「…………」

良衛は木谷の背中を見つめた。

「どれ、診療に出かけて参りますかの」

しばらくして、木谷が薬箱を持って立ちあがった。

「ご苦労さまでござるな」

御広敷番の先達と先ほど名乗った老医師がねぎらった。

「どちらの局でござる」

少し若い医師が木谷に訊《き》いた。

「山科さまのお局《つぼね》でござる」

「それはそれは」

少し若い医師が小さく首を左右に振った。

「……では」

苦笑しながら木谷が、溜を出ていった。

「先生、どういうことでござるか」

良衛は若い医師に尋ねた。

「ああ。さきほどの木谷どののことか。ここだけの話だがの。山科さまは大奥上臈という高い位のお方だが、金に細かいのだ」

「礼が少ないと」

「少ないどころではないな。ない。いや、茶さえ出ぬ」

若い医師が苦い顔をした。

「たしかに我らは御広敷御番医師として禄《ろく》をちょうだいしておる。とはいえ、わずか百俵ていど。休みの日に患者を取っているとはいえ、さほどにはならぬ。三日に一日、当番として御広敷に縛られているのだ。実質町医者よりも貧しいといっていい」

愚痴を若い医師が続けた。

「貴殿は表御番医を務めておられたのであろう。謝礼はどうでござった」

「下さる方もおられましたが、なにもなしというお方も」

良衛は松平対馬守を思い出した。あれだけ良衛を使いながら、松平対馬守は何一つ良衛にくれていなかった。

「やれ、世知辛いことでござるな。少し前ならば、五両や十両、包んでくださったものでござるがの」

若い医師が苦笑した。

「貴殿は、まだお若いのに、ずいぶん早くから御番医師を」

「ああ。父が奥医師なのでございますよ」

あっさりと縁故だと若い医師が言った。

「……それならば、わたくしも同様でございますな。まあ、わたくしの場合は、妻の父が典薬頭でございますが」

「なるほど」

話した良衛に若い医師が納得した。

「どうりでお若いと」

「貴殿のほうがお若いと思いまするが、わたくしは今年で三十二歳でござる」

「おう。同じでござる」

若い医師が喜んだ。

「あらためて、ご挨拶を。中条《ちゅうじょう》流産科の中条壱岐《いき》でござる」

「これはごていねいに。和蘭陀流外科術矢切良衛にござる」

良衛も応じた。

「お珍しいかの」

中条壱岐が口の端を少しゆがめた。

「……はあ」

あいまいな返事を良衛はした。

「評判が悪うござるからの、中条流は」

中条壱岐が自嘲《じちょう》した。

「…………」

良衛はなにも言えなくなった。

中条流は、女人医師とも呼ばれ、産科婦人科を得意とした。戦国時代の武将中条帯刀《たてわき》によって編み出された金創外科術と産科を継承している。ただ、その名を継いだ者たちの行為が、あまりにひどかったため、中条流というだけで心ある者からは嫌われた。

その原因は堕胎であった。それも水銀などの劇薬を妊娠した女の胎内に入れて胎児を無理矢理死産させるといった手法であったため、母胎も大きく傷つき、死に至らしめることもままあった。

「月水早流し、中条流婦人療治、げんなくば礼不要」

中条流医師の看板からもそれが見て取れた。月水とは、月のもの、早流しは堕胎を意味している。そしてげんなくば礼不要は、効果なければただでいいと言っているのだ。これだけでろくでもないとわかる。

「まあ、自業自得な面がござるのは否定いたしませぬが」

中条壱岐が嘆息した。

「もともと中条流は、戦場での金創手当から派生いたしております る」

中条は上杉《うえすぎ》家に属する武将であった。上杉謙信《けんしん》のもと、多くの戦場で勇敢に戦い、一族の多くを亡くした。そんな戦場に参加していた中条家当主の弟帯刀が、刀や槍《やり》、矢による傷をなんとかしようと考えたのも当然であった。

「我が矢切家と同じでござる」

良衛が述べた。

矢切の名前も、突き刺さった矢を抜くために尾羽を切ったところから来ている。矢切良衛の先祖も、戦場医であった。

「さようでござったか」

少しうれしそうに中条壱岐がうなずいた。

「金創を専門としていた祖帯刀が、なぜ婦人科、産科をし始めたのかは、わかっておりませぬ」

のち、上杉家を離れた帯刀は、豊臣秀吉に仕え、戦時は金創外科術を、平時は産科婦人科を生業《なりわい》とした。

天下人豊臣秀吉の侍医であった中条帯刀の人気はすさまじく、多くの者が教えを請い、弟子となった。

「やがて天下泰平となり、戦がなくなった。となれば、金創医は不要となりまする。そして、中条流は産科と婦人科を主とするようになった。これは、世の流れであり、いたしかたございませぬ」

「でござるな」

矢切家もよく似た経緯を取ってきた。良衛は中条壱岐の意見に同意した。

「とはいえ、産科や婦人科などそうそう患者はございませぬ。子を産むならば産婆で用がすみましょう」

産婆と医者では、払う金が違う。

「産むのを産婆に取られてしまえば……堕胎をするしかございますまい」

子を孕《はら》んだが、産むことのできない女は多い。貧しくて育てられない者、公にできない相手との子など、事情は変わっても産むわけにはいかないという女は、いつの時代もいる。

そこに喰《く》えなくなった中条流医師が飛びついた。

産婆は産ませることはできても、堕胎はできない。本道医はそもそも妊婦を担当しない。中条流の独擅場《どくせんじょう》であった。

堕胎は同時に母胎も傷める。それでいて、かなりの金額を謝礼として取る。堕胎は医術ではないため、無料にはならないどころか高い。

劇薬を身体のなかに入れられ、二度と子を産めなくなった女や、立ちあがることさえ辛くなるほど弱らされた女からも金を取るのだ。中条流が嫌われるのもしかたのないことであった。

「とはいえ、中条流の根本の一つは婦人科でござる」

「貴殿は、失礼ながら……」

良衛は問うた。

「はい。中条帯刀の支流でございまする」

子孫だと中条壱岐が答えた。

「それはお見それをいたしました」

良衛は敬意を表した。

「もう一つ、よろしいかの」

「お答えできるものであれば」

中条壱岐が許した。

「帯刀さまの残された秘伝などございましょうか」

「……………」

良衛の問いに、中条壱岐が沈黙した。

「いや、お答えいただかなくとも……」

「ございまする」

中条壱岐が被《かぶ》せるようにして言った。

「なんと」

「祖帯刀が残した秘伝書がござる」

「『中条流産科全書』とは……」

寛文八年（一六六八）に発刊されたものは、名古屋玄医《なごやげんい》が所持していたので、良衛も読んでいた。

「あのようなものと一緒にされては困りまする」

中条壱岐が不満を表した。

「ご無礼をいたしました。まあ、そうであろうとは思っておりましたが……」

中条流産科全書は、堕胎に使用する薬の成分を秘伝としているだけでなく、肝腎《かんじん》なところを書き記していない。

「内容をお教えはできませぬが」

「わかっておりまする」

どこの医術流派にも秘伝はある。岳父の今大路家に伝わる曲直瀬流本道術などその最たるものであった。娘婿である良衛にさえ、今大路兵部大輔は秘伝をいっさい明かしてくれなかった。

オランダ流外科術が何一つ隠そうとしないのは異端であった。

「いかがでござろう。わたくしは外科術だけしか学んでおりませぬ。せっかく大奥を担当させていただくのでござれば、婦人科を習得いたしたく、差し障りのないところをご教示願えませぬか」

良衛は頼んだ。

「婦人科の初歩ていどでよければ」

「是非に」

「その代わりといってはなんでござるが、和蘭陀流外科術を手ほどき願えましょうや」

「よろこんで」

中条壱岐の求めを良衛は快諾した。

大奥出入りが自在とされている医師だが、男には違いない。大奥では、かならず見張り役の女中と行動を共にしなければならなかった。

「葉月どのはおられるかの」

木谷が山科の局《つぼね》を訪れた。

「お医師どのか。お入りあれ」

襖《ふすま》の向こうにいたのは五月であった。

「ごめん」

木谷が局に足を踏み入れた。

「わたくしは、ここで」

見張り役の女中は廊下で控えた。局のなかのことにはかかわらないからであった。

「調子はいかがでござるかの」

わざと言いながら、木谷が五月に目配せした。

「…………」

無言でうなずいた五月が、次の間へと木谷を案内した。

「ここならば、外へ声は漏れぬ。とはいえ、あまり大声は出すな」

五月が釘《くぎ》を刺した。

「わかっておりまする」

木谷が首肯した。

「来たということは、なにかわかったのか」

「伊賀者を治療した外道医を見つけましてござる」

誇らしげに木谷が胸を張った。

「それは、よくぞしてのけた」

「本日、表御番から御広敷番に異動して参った外道医が……」

木谷が良衛の説明と聞いた話をした。

「その医師が御広敷に来たと」

「さようでござる」

聞き終わった五月が確認し、木谷が認めた。

「わかった。ごくろうであった」

五月が用を終えたと手を振った。

「お待ちあれ、金は……」

木谷が手を出した。

「おう。そうであったな」

思い出したとばかりに、五月が帯の隙間から小判を一枚出した。

「お約束が違いましょう。残り十八両いただけるはず」

少額過ぎると木谷が怒った。

「それで十分であろう。そなたの働きでは」

「なにを」

木谷が憤った。

「見つけて参ったではございませぬか、伊賀者を治療した医師を」

「言葉はまちがいなきようにお使いいただきたいもの」

冷たい顔で五月が木谷を見つめた。

「見つけてきた……これは探しに出かけたという行為によるもの。お医師どののは、向こうから来てくれたのでございましょう」

「……それは」

冷静に言い返された木谷が詰まった。

「そなたは、話を聞いてそれを伝えただけ。子供でもできましょう。子供のお駄賃として小判は多すぎましょう」

「…………」

木谷が黙った。

「残りの金が欲しくば、今伊賀者がどうしているかを調べて来ていただきましょう。今度は、ご自身で動かれての」

五月が皮肉な笑いを浮かべた。

「ありがとうございました。お医師どのの診療が終わりましてござる」

大きな声を五月が出した。

「…………」

木谷が五月を睨《にら》みつけた。

「別の大声を出しましょうや。無体をなさるなと」

五月が氷のような声で言った。

「……わかりましてござる」

肩を落として木谷が出ていった。

「そう簡単に金をやれるか。局の金ではない。妾《わらわ》の自腹ぞ。お方さまのお怒りを買って大奥から追い出されては、収入を失うゆえ出したのだ。おかげで、二日の猶予は十日延びたが、それでも木谷に期待するほどの余裕はない」

五月が腹立たしげに呟《つぶや》いた。

「矢切良衛と申しましたな……その外道医は」

残った五月が独りごちた。

「誰ぞ、近いうちに怪我をさせねばならぬ」

五月が呟いた。

第五章　動き出した裏

一

　御広敷番医のなかで外道医ほど暇なものはなかった。

　大奥女中は優雅を旨とする。創始以来、京の朝廷から礼儀礼法指南を受け入れ、武家の出と侮られぬように修練を積まされてきた。その恩恵は、お末と呼ばれる端女《はしため》まで行き届いていた。礼儀礼法を身につければ、まず、走らなくなる。動きに荒さがなくなり、ゆっくりと舞うようになる。これだけで転ばなくなり、突き指もしなくなる。

　大奥での怪我は、台所を担当するお末が、包丁で指を切ったか、竈《かまど》の薪でやけどを負ったかがせいぜいなのだ。

　お末の傷、それも舐《な》めておけば治ると言われそうなもののために、外道医は手配されない。

もっとも、医師とはいえ大奥へ男を入れたがるわけもなく、本道、婦人科もすることなく、一日を無為に過ごすのが御広敷番医師であった。

「お医師どの」

二回目の当番の昼過ぎ、持ってきた弁当を片づけた良衛は、開けられた溜の襖へと目をやった。

「なにかの」

新参である良衛が応対しなければならない。良衛は襖へ近づき、声をかけた女坊主へ問うた。

「外道のお医師どのは」

「愚昧《ぐまい》でござるが」

女坊主の質問に、良衛はうなずいた。

「それはなにより。大奥で怪我人《けがにん》がでましてございまする」

「怪我人、どのような状況でござるか」

さっと良衛の表情が引き締まった。

「詳細はうかがっておりませぬが、どうやら局《つぼね》で転んだようでございまする」

「骨が折れているかどうかは」

「そこまでは」

「わかりましてござる。しばし、お待ちを」

自席に戻った良衛は、薬箱の中身をすばやく点検した。

「晒《さらし》がない」

骨折した骨を固定する副木《そえぎ》をくるのに晒は必須《ひっす》であった。御広敷の溜に来てまだ日が浅い。どこに予備の晒があるか、良衛は把握していなかった。

「矢切どの、こちらに」

中条壱岐が戸棚から晒を取り出し、手渡してくれた。

「かたじけなし」

受け取った良衛は、そのまま溜を出た。

「こちらへ」

女坊主が、良衛を七つ口へ案内した。

「新しいお医師どのか」

「いかにも」

「初めてならば、話をせねばならぬ決まり」

良衛は七つ口で足を止められた。

「一つ、患者のおるところ以外には立ち入らぬこと。一つ、患者以外の女中に触れられぬこと。一つ、患者以外から診察を求められても応じぬこと」

「なぜでござる」

最初の二つはまだ理解できた。三つめに良衛は苦情を申し立てた。

「患者を診《み》るのが医者の仕事でござる」

「それは表のこと。大奥では許されぬ。大奥は男子禁制。医師が認められているのは、その役目柄でしかない」

御広敷番頭が語った。

「…………」

異論はなかった。良衛は無言で訊《き》いた。

「だが、医師といえども男でござる。とくに医師は治療という名で女に近づける」

「そのようなこと……」

「ないと言い切れるか。いや、過去なかったとでも」

「……まさか」

御広敷番頭の言葉に良衛は息を呑《の》んだ。

「何人もの女中が、医師とかかわりを持ち、放逐された」

「医師が患家に……」

患者に手出しするのは、医師としてもっとも避けるべきことであった。

「簡単なこと。患者でなかったからだ」

「患者でなかった……ああ」

良衛は理解した。

医者は女の裸を見ても、それが患者であれば決して興奮しない。だが、女に興奮しないわけではないのだ。でなければ、妻を抱くことさえできなくなる。

「医者というのを利用して、大奥女中と逢《あ》い引《び》きを重ねた者がいたため、どのような事態であろうとも、一度ここまで引き、大奥から正式に診察の依頼を待つ決まりとなった」

「ううむう」

良衛は悩んだ。

医者としての良心によるならば、治療を求める患者を放置するわけにはいかないが、幕府の役人という立場だと、決まりには従わなければならなくなる。とくに大奥にかんしては、言いわけがきかなかった。不義密通を疑われただけで、吾《わ》が身は切腹、家は取りつぶされる。己が父から受け継ぎ、子へと譲りわたしていく家禄《かろく》が永遠に失われてしまう。

「……承知いたしました」

七つ口へ戻るくらいたいした手間ではないと、良衛は己を納得させた。

「けっこうだ」

御広敷番頭が通行を認めた。

大奥の廊下はさほど広くはない。二間（約三・六メートル）ほどはあるが、余裕をもってすれ違えるとまではいえなかった。

「お医師どの、通られまする」

途中で他の女中にぶつかるのも厳禁であった。案内の女中が他人払いの先触れを上げてくれる後ろを良衛は付いて歩いた。

「お医師どのでございまする」

かなり歩いて、ようやく女坊主の足が止まった。

「……………」

良衛は緊張した。

大奥でもどこでも同じだが、建物の奥に行けば行くほど高位の居場所になる。

「開けよ」

すぐに襖《ふすま》が開いた。

「お医師どのか」

なかから顔を出した美しい女中が良衛の顔を見た。

「いかにも。外道を担当いたしまする。矢切良衛でござる」

良衛は名乗った。

「わたくしは山科さまのお側に仕えておりまする。五月と申しまする。では、どうぞ、次の間までお進みくださいませ。御坊主衆、ご苦労さまでございました」

女中が言った。

「ごめん」

良衛は仕切の襖をこえて、なかへ入った。

「患家はどちらかの」

あたりを見回しながら、良衛は問うた。

「あれに」

案内の女中が目で見た。

「葉月と申しまする。朝方、ものを運んでいたおりに転びましてございまする」

五月が説明した。

「どのように転ばれましたか」

「……どのように……そのようなものが要りますので」

尋ねた良衛に、五月が怪訝《けげん》な顔をした。

「重要なことでございまする。それによって正確な診断ができるようになりまする」

「さようでございましたか。それは知りませなんだ」

五月が感心した。

「わたくしが見ていたわけではございませぬので、正確だとは申せませぬが、足を畳のへりに引っかけたと聞きました」

「左右どちらで」

「……葉月」

さらに問われた五月が、横になっている葉月に任せた。

「……あの……左足を」

葉月が目を合わさないようにしながら、答えた。

「なるほど。では、拝見」

良衛は葉月に近づいた。

「……ひっ」

葉月がわずかに脅えた。

「しばしご辛抱を願いまする」

大奥という環境から、男になれていないゆえの反応と推察した良衛は、やわらかい声で諭した。

「……はい」

首肯して葉月が目を閉じた。

「触りまするぞ」

一言断ってから、良衛は葉月の左足首に手を伸ばした。

「……………」

身を固くする葉月の足を、良衛は探った。

「ここは痛みまするか」

良衛はくるぶしに軽く力を加えながら訊いた。

「いいえ」

「こうすればいかがか」

くるぶしを伸ばすように、足先を上へと曲げながら良衛は尋ねた。

「た、多少」

葉月が告げた。

「反対側は、なんともございませぬか」

「右は大事ありませぬ」

確認された葉月が首を左右に振った。

「ふむ。お座りいただきましょうや」

「……はい」

すなおに葉月が正座した。

「けっこうでございまする」

葉月にうなずいてみせて、良衛は五月へと身体の向きを変えた。

「軽い捻挫《ねんざ》でございましょう。さほど大事にはいたりますまい。しばらく安静にしていれば、さしたる日にちも要りませぬ」

良衛が診断をつけた。

「さようか。それはよかった」

五月がほほえんだ。

「ご苦労さまでございました。誰ぞ、茶を」

「いえ、お気遣いなく」

用意されていた桶《おけ》に手を入れ、軽く濯《すす》ぎながら良衛がもてなしを断った。

「そう言われるな。すでに用意はできてございますゆえ」

強引に五月が良衛を留めた。

「はあ」

茶を淹《い》れてもらっておきながら、そのまま帰るというのは無礼にあたる。良衛はもう一度座り直した。

「どうぞ。わたくしもご相伴させていただきまする」

「それはどうも」

良衛は五月の気遣いに感謝した。

数名の女に見つめられながら、一人茶を飲むという事態は避けられた。良衛はほっとしながら、出された薄茶を口に運んだ。

「お医師どのは、表御番医師からこちらへお見えと聞きましたが……」

「さようでございまする。つい三日前まで表御番を相務めさせていただいておりました」

世間話をしてくる五月に、良衛は応じた。

「外道医というのは、表ではお忙しいのでございまするのか」

「さようでございますなあ。さほど忙しくはございませぬ。とはいえ、お歳を召された方が多いので、それなりにというところでございますな」

「なるほど。大奥とは違いまするな」

「大奥にお歳を召されたお方は……」

五月の言葉に、良衛は疑問をもった。

「あまりおられませぬ。将軍生母さま、あるいは御台所さま以外は、終生大奥でとは参りませぬので」

「と言われまするど、途中で出られるのでございまするか」

良衛は五月を見た。

「はい。身体の調子が思わしくなくなった段階で大奥を離れ、城下の御用屋敷へと移りまする」

五月が述べた。

「桜田《さくらだ》御用屋敷でございますか」

「さようでございまする。まあ、なかには己で尼寺を創建し、住職となる者もおりますが」

名前を出した良衛に、五月が応じた。

桜田御用屋敷は、高い塀で周囲と隔絶されていた。門には、伊賀者が配され、出入りは厳重に監視されていた。

「そういえば、先ほど葉月の怪我《けが》がどうしてなったのかを問われていたようでございますが、そこまで詳細が要りましょうや」

五月が首をかしげた。

「怪我のなされた状況は、できるだけ詳細にお伺いせねばなりませぬ。転んだという行為は同じでも、その場所が畳の上、地面、廊下では、打ち所も変わりましょうし、衝撃も違いまする。土の上で転ばれたなら、擦り傷はできても、柔らかいので骨に影響は出にくく、逆に廊下の板など堅いところでは、見た目の傷はなくとも骨にひびが入っているなど、思ったよりも重いときもござる」

「なるほど。些細《ささい》なことでも大切だと」

「さようでござる。どのような場合でも、恥ずかしがらず、面倒がらず、話をしてくださるのが、正しい診断をくだす助けとなりまする」

良衛が強く言った。

「ところで、怪我を診《み》られたあとはどうなさいますので」

五月が話を戻した。

「表御番医師は、応急の処置だけを担当する決まり。その場でできるだけのことはいたしますが、下城したあとまでは存じませぬ」

建前を良衛は口にした。

「ずいぶんと冷たいものでございますな」

少し五月の口調にあきれが含まれた。

「かかりつけの医者もございましょう。あまり出しゃばるのもいかがかと」

良衛は茶を飲み干し、そろそろ帰るという意思を見せた。

「大奥は、治るまで診ていただくのが慣例でございまする。ご存じか」

「存じておりまする」

良衛は首肯した。

「では、葉月のことも完治まで願えまするな」

「おそらく、二、三日でお気にならなくなるかと思いまするが、ご希望とあれば参じまする」

求められれば、医師として診療するのは当然であった。

「よしなに頼みまするぞ」

「できるかぎりのことはいたしまする」

念を押されて、良衛は了承した。

二

七つ口から出てきた良衛を、伊賀者番所のなかから御広敷伊賀者磯田盾介が見つめていた。

「矢切が御広敷へ回されたのは、松平対馬守の手配であろう」

磯田が呟《つぶや》いた。

「その矢切を早速呼び出したのが、山科の局《つぼね》」

難しい顔を磯田がした。

「もう一度、石蕗後蔵に訊《き》くか」

磯田がさりげなく御広敷を出ていった。

「どうだ」

四谷の伊賀者組屋敷へ戻った磯田が、石蕗の長屋を訪れた。

「まだ走れぬ」

「痛むのか」

石蕗の返事に、磯田が気遣った。

「いいや。医者に止められている」

「矢切か」

すぐに磯田が気づいた。

「うむ」

「来たそうだな」

「ああ。ごていねいに傷を診にな。折れた周囲の骨が細かくひび割れているゆえ、くっつくのに手間がかかるとかで、変に動かすなと言われたわ」

「薬代はどうした」

「要らぬとよ。薬は金がなければ出さぬそうだ。代わりに診療だけなら、只《ただ》だと」

石蕗が苦笑した。

「変わり者だが……」

磯田の声が低くなった。

「大目付松平対馬守の手」

石蕗が口にした。

「うむ。少し調べてみたが……矢切はもともと我ら同様の御家人だ。代々戦場医師の家柄で、当代が和蘭陀流外科術の名医として知られたことで典薬頭の娘婿となって、表御番医師に抜擢《ばってき》された」

磯田が語った。

「うらやましいの」

手を曲げたり伸ばしたり、動きながら石蕗が述べた。

「我らはどれだけ忍の技に磨きをかけようとも、旗本から嫁が来ることはなく、伊賀者の身分からはい上がれない」

重い声で石蕗が吐き捨てた。

「その矢切だが……」

ゆっくりと磯田が口を開いた。

「御広敷番になったぞ」

「なに……」

石蕗が動きを止めた。

「松平対馬守か」

「おそらく。医師の異動は典薬頭の専権だが、大目付となればそれくらい押しつけるのは容易《たやす》かろう」

「お飾りとはいえ、三千石の旗本には違いない。一族には老中や譜代名門の大名もいる。典薬頭ていどでは抗《あらが》えぬな」

磯田の言葉に、石蕗も同意した。

「大奥を調べに来たな」

「ああ」

二人が顔を見合わせた。

「……いいのか」

磯田が声を重くした。

「父のことならば……」

石蕗も頰《ほお》をゆがめた。

「今、大目付とことを起こすわけにはいかぬ」

「そうしてくれるか」

ほっと磯田が肩の力を抜いた。

「誤解したとはいえ、父から襲ったというのもある。今は医者への手出しはせぬ。なにより、吾《われ》が動けぬからな」

じっと石蕗が足を見た。

「動けぬ……ということは」

「理由はどうあれ、父の仇《かたき》は討たねばならぬ」

石蕗が決意を口にした。

「だが、吾《わ》が身のことで組に迷惑はかけられぬ。大目付の手先を殺せば、かならず報復があろう」

「松平対馬守どのは、許さぬだろうな。矜持《きょうじ》だけで大目付巡行を一人続けているお方だからの」

磯田は松平対馬守のことを調べていた。

「おぬしの副木《そえぎ》のことでな、ちと台所を探った」

「医師が台所に恩を売ったというやつだな」

石蕗も思い出した。

「ああ。上様に毒を盛ったらしい」

「馬鹿な……そんなことをしてみろ。台所役人全員だけではないぞ、御広敷番頭、いや、留守居まで切腹だぞ」

聞いた石蕗が驚愕《きょうがく》した。

「毒は台所からでなかった。あの医師が止めたらしい」

「なるほどな。それで台所は生き延びたのだな。それは頭があがらぬな。しかし、それを大目付はどうして利用せぬ。上様の危機をお救いしたのだ。吾が手柄とすれば出世できように」

石蕗が疑問を呈した。

「表沙汰《おもてざた》にできるわけなかろうが。台所が上様を害そうとしたなどと公表してみろ。台所さえも把握できぬと上様のお名前に傷が付く」

磯田が説明した。

「たしかに」

石蕗が納得した。

「手柄を一つふいにした。出世したい松平対馬守がだ。その辛抱の不満が……」

「大奥へ向けられたと。まずったな。吾が怪我《けが》さえせねば……」

石蕗が足を見た。

「いたしかたない。大奥に女忍がおるなど、誰も思わぬ」

磯田が慰めた。

「とにかく、今はおとなしくしておかねばならぬ。あのお方も目立つなと言われていたであろう」

「金主さまのご意向とあれば、従わねばならぬな」

石蕗がため息をついた。

「今夜にでも報告はしておく」

「任せてすまぬな。吾が行くべきとわかっているのだが」

「気にするな」

詫《わ》びる石蕗に告げて、磯田が立ちあがった。


将軍も五代、大坂《おおさか》の陣から七十年ともなると、武家も怠惰に流れる。戦うことが仕事というより、意義であった武士が、泰平の世で生きるには変わらざるを得ない。刀槍《そう》に代わって、算盤と筆を持ち、どうやって金を残すかが武家の使命になった。幕府も表向きは番方が格上であり、勘定方は軟弱者と侮られている。しかし、そのじつは真反対である。戦で手柄を立てられなくなった番方に出世の機はなく、勘定方こそ身分をこえた立身があった。

その立身を果たした一人に、勘定頭《かんじようがしら》荻原重秀《しげひで》が居た。

二百俵の下級旗本の次男として生まれた荻原重秀は、早くからその才を現し、勘定方に抜擢されて四代将軍家綱へ目通りを許され、百五十俵で新規召し抱えを受けた。どこかへ養子に行くか、兄の厄介者として日の当たらない一生を送らなければならなかった、貧乏旗本の次男が百五十俵の当主となっただけでなく、その後も順調に出世を続け、五代将軍綱吉の抜擢を受けて勘定頭に就任、百俵の加増を受けた。

「荻原どのよ」

「磯田か」

勘定方は激務である。下城時刻である暮れ六つ（午後六時ごろ）に執務部屋を出られることなどまずない。宿直《とのい》番の目付に火の用心を理由に追い出される四つ（午後十時ごろ）まで残ることも珍しくはない。五つ半（午後九時ごろ）に帰宅できた今夜は早いほうであった。

「降りてこい」

荻原重秀が手招きをした。

「…………」

音もなく目の前に、忍装束の磯田が落ちてきた。

「なんど見ても、おそろしいものよな。気配さえ感じぬ」

怯《おび》えを抑えながら、荻原重秀が感心した。

「忍でございますれば」

当たり前だと磯田が言った。

「ああ。だからこそ、そなたたちに頼んだ」

荻原重秀が落ち着いた。

「なにかあったのか」

「表御番医師が、御広敷番に移った」

磯田が告げた。

「それがどうした。医者の異動など、大奥の金の動きにかかわりはあるまい」

荻原重秀が首をかしげた。

「この医者が問題でござる」

経緯を磯田が話した。

「大目付さまが出てきたか、失敗だな」

「申しわけなし」

石蕗が傷を受けた。失敗の意味することを磯田が悟った。

「忍が見つけられてはの」

厳しい目つきで荻原重秀が磯田を見た。

「まこと返す言葉もござらぬ」

「相手は大奥の女中であろう」

「別式女と申す、女の武芸者でござる」

磯田が説明した。

「女だてらに武を遣う。そのていどの者に、伊賀者は見抜かれるのか」

「……ありえませぬ」

「だが、事実見つけられた。だけでなく、傷を負わされた」

冷静に荻原重秀が告げた。

「となれば、相手の正体を考えるべきであろう」

「考えられるとすれば、女忍」

苦い顔で磯田が言った。

「女忍などどこにいる。この貞享《じようきよう》の世に。幕府以外で忍を飼えるだけの余力を持つ者などおるまい」

忍の育成と維持には金がかかる。参勤交代やお手伝い普請で金蔵を削られている諸大名にそれだけの余裕はないと荻原重秀は断じた。

「いいえ」

磯田が首を左右に振った。

「どういうことだ」

「忍を新たに抱える大名はございますまいが、すでにある藩が手放すことはございませぬ」

「戦もないのだぞ。忍を遣うことなどあるまい。いかに忍が薄禄《はくろく》とはいえ、無駄金ではないか」

勘定方らしい思考を荻原重秀が見せた。

「忍は平時にこそ、役にたちまする」

大きく磯田が胸を張った。

「説明いたせ」

「忍の本来は、人に知られず潜むことでございまする。そして潜むとは、溶けこむことでございまする」

「溶けこむ……町の事情に詳しくなると」

すぐに荻原重秀が悟った。

「さようでございまする。いかに御上がお調べをなされようとも、庶民たちは正直に話しませぬ。怒られぬように、御上のつごうに合わせた答えを告げるだけ。それでは、真実は知れませぬ」

「飾られた結果しかわからぬというわけか」

「はい。しかし、何十年とそこに住み、ともに泣き、笑った仲間には、思いの丈を隠さず申しましょう。これを忍で草といい、伊賀でも優秀な者だけがこの任に就くことができまする」

「優秀な者の仕事……」

繰り返した荻原重秀に、磯田が首肯した。

「はい。なにせ、草の用はいつあるかわからぬのでござる。下手をすれば己が生きている間に御用がないかも知れませぬ。そのときは、子供に任を受け継がせなければなりませぬ」

「子供に忍の技を受け継がせるだけの技能が要る。人に教えるだけの器量が求められるというわけだ」

「ご明察でございまする」

磯田が褒めた。

「ふうむう。真実を知るために何十年か」

「それに耐えられるのは、忍だけでございまする」

「たしかにの。吾《われ》は我慢できそうにないわ」

自慢する磯田に、荻原重秀が同意した。

「そういう訓練を生まれたときから当たり前のようにする。これは忍だけでございましょう」

「うむ。忍は要るな」

荻原重秀が納得した。

「となれば、山科の局《つぼね》にいる別式女はどこの忍だと考えるべきだ」

推測でいいと荻原重秀が磯田を促した。

「山科さまは、京の出。普通ならば朝廷に仕えたという八瀬《やせ》の忍と考えるべきでしょうが」

「八瀬か、天皇家の葬儀を司るのではなかったかの」

荻原重秀が思い出した。八瀬は洛北《らくほく》の果て、山間《やまあい》にある寒村である。代々天皇家直轄とされ、年貢を免除される代わりに、御所の御用を果たしていた。

「それは表でございまする。八瀬の者は、御所の陰守」

「ふむ。それらしい気もするが、他には」

念のためにと荻原重秀が問うた。

「あと甲賀《こうが》者、根来《ねごろ》者、歩き巫女《みこ》、甲州忍、伊達《だて》の黒はばき、上杉の軒猿《のきざる》、薩摩《さつま》捨てかまり……」

「いくつあるのだ」

荻原重秀があきれた。

「要は、わからぬと言いたいのだな」

「……はい」

真意を見抜かれた磯田が、頭《こうべ》を垂れた。

「公家《くげ》の出である山科ならば、伝手《つて》がある。八瀬忍を一人連れてくるくらいは容易であろう。それであればよいが……」

一度荻原重秀が言葉を切った。

「それ以外だったときがな」

「外様大名家の忍が大奥に入りこんでいる……」

「大事であろう」

「……………」

言われた磯田が沈黙した。

御広敷伊賀者の仕事は、大奥の警固である。その伊賀者が守っている大奥に、他の忍が侵入したとなれば、面目丸つぶれであった。

「調べられるな」

「はい」

拒めるはずもなかった。

「もちろん、山科の無駄遣いの証拠を集めるのも忘れるな。幕府の財政を圧迫する一つが大奥なのだ。それを是正するために、勘定方は偽の書付まで作って金を生み出し、伊賀組に流してやっているのだ」

「承知いたしております」

感情を殺した声で磯田が応じた。

「医者に出し抜かれるような羽目になれば……勘定方の廃棄目録に伊賀組の名前が記されるぞ」

荻原重秀が脅した。

「お任せを」

言い残して磯田が消えた。

「忍など不要と思っていたが、使い道はあるな。もっとも御広敷伊賀者のように六十名からは要らぬ。半分でよいの」

残った荻原重秀が独りごちた。

三

大奥女中葉月の治療、といっても湿布薬を足首に貼って晒《さらし》で固定するだけだが、を終えて溜に戻った良衛を松平対馬守が待っていた。

「大目付さま」

「腰が痛い」

驚く良衛に、松平対馬守が一言だけ口にした。

「大目付さまを拝診できるのは、表御番医師でございまする。わたくしは御広敷番、診《み》せていただくわけには……」

大奥まで来て見たい顔ではないと、良衛は建前を盾に拒もうとした。

「よろしいではございませぬか。どうせ、このあとなにもすることはございませぬ」

溜にいた中条壱岐が口を挟んだ。

「大目付さまを診させていただいたところで、お役目をおろそかになさるわけではございますまい」

「それはそうでございますが」

そのとおりである。医者として手を抜くことはない。良衛は反論できなかった。

「その代わり、大奥からの召し出しがあれば、大目付さまの治療が途中であっても、役目を優先していただくことになりますが、よろしゅうございますかな、対馬守さま」

「かまわぬ」

これも正論である。身分を盾にしても、枉《ま》げられるものではなかった。松平対馬守が了承した。

「では、こちらへ」

松平対馬守の用件が治療でないとわかっている良衛は、溜を出た。

「ここがよろしいか」

御広敷は大奥の実務を担当する役所である。表御殿のように、使用しないが畳は敷いてあるなどという無駄はなかった。使わない部屋はあるが、畳などは敷かれていなかった。

「うむ」

板の間だったが、松平対馬守は文句を言わなかった。

「腰を拝見しましょうや」

「いや、いい」

松平対馬守が手を振った。

「では、なにを」

わざと良衛は問うた。

「大奥のなかはどうであった」

予想どおりの質問を松平対馬守がした。

「どうと言われましても……さようでございますな。ほとんど人気がございませなんだ」

「人が居ない……」

松平対馬守が首をかしげた。

「山科さまのお局までの間、まったく他のお女中の姿を見ませなんだ」

良衛は述べた。

先触れの女中が他人《ひと》払いをしていたのは、良衛と出合い頭をしないためである。当然、女中たちと顔を合わせるはずもない。良衛はそれを理解していながら、わざと松平対馬守へ告げた。ちょっとした嫌がらせであった。

「大奥に女が居ないとは、異なことよな」

松平対馬守が悩んだ。

「先日の一件とかかわりがあるやも知れませぬ」

「ううむう」

腕を組んで松平対馬守がうなった。

「女中の増減を調べなければならぬな。大奥女中の数を把握しているのは、御広敷番頭か。留守居の支配じゃの」

苦い顔を松平対馬守がした。

留守居は大目付同様旗本の上がり役であるが、その格は高い。なにせ、将軍の留守にあたって江戸城を預かるのだ。十万石の大名と同格を与えられるのも当然であった。大目付と同じく、将軍が城をでなくなった昨今、無用の長物の扱いを受けてはいるが、その威勢は強い。留守居になれば、次男まで召し出されるうえ、家督を受け継いだ嫡男も初任からかなり高位の役職につける。

「そなたが問え」

「わたくしが……留守居役さまにお目にかかることさえかないませぬ」

命じられた良衛は首を左右に振った。

「大奥を把握するためにに要るとか、理由はつけられるであろうが」

「……それは」

やぶ蛇になった。医者として数や、女中たちの年齢など、知っておけばよい情報は多い。

「できるな」

「……はい」

にらまれて良衛は首肯するしかなかった。

「で、山科の局《つぼね》の怪我《けが》人は、別式女ではなかったのか」

「違いました。ただの女中でございました」

「なぜわかる」

松平対馬守が疑った。

「別式女は武道を修めているはず。当然肉の付き方が違いまする。今日診た女中の足は、肉の薄い細いものでございました」

「いかがわしい目で見たのではなかろうな」

「とんでもございませぬ」

良衛はあわてて否定した。

「ふん」

鼻先で松平対馬守が笑った。

「で」

一言で、松平対馬守が先を促した。

「山科の局で怪我をしたというお女中ですが、偽りでございますな」

「ほう。そなたの診立てにまちがいはない」

松平対馬守は良衛の腕を信用していると告げた。

「かたじけないことでございまする」

医者として腕を信じてもらえるのは、なによりの喜びであった。

「なぜ、偽ってまで、そなたを呼ばねばならなかったのか」

松平対馬守が疑問を呈した。

「伊賀者の怪我を治療したのが、拙者だと知っていたようでございまする」

「なるほど。伊賀者の様子を、いや、それを受けた御上の様子を探ろうと」

良衛の話に、松平対馬守が手を打った。

「となれば……」

「怪我をした伊賀者が探っていたのは、山科さま」

答えを求められた良衛は口にした。

「うむ。問題はなぜ伊賀者が山科さまの局を探ったのかだな」

「はい」

良衛はうなずいた。

「山科さまは、上様とのかかわりは薄い」

行儀指南の上臈は、尊敬を受けるが、将軍と触れあうことはほとんどなかった。せいぜい、仏事のときに顔を合わせるていどで、ほとんど会話もしない。将軍と私語をかわせるのは、御台所、お腹さま、側室、小座敷担当の中臈、仏間担当の中臈くらいである。もちろん、綱吉から話しかけたときは別だが、女から声をかけられる機会は少ない。

「局から側室を出すつもりでもあるのか」

「それは、どういうことでございましょう」

松平対馬守のつぶやきに、良衛は反応した。

「知らぬか。無理もないな。よいか、上様の側室となる女だが、誰でもよいというわけにはいかぬ」

「わかりまする」

ほぼ裸に近い将軍の側に侍るだけでなく、男にとって避けようのない隙を作らせるのだ。信用できない者にさせるわけにはいかなかった。

「信用だけではない。血筋の問題もある」

「血筋……」

さらなる条件を松平対馬守が出した。

「当たり前である。上様のお子さまを産む女ぞ。いかに腹は借りものとはいえ、身分低きはまずかろう。もう一つ、謀叛人の子孫も駄目だ」

「……………」

「和子さまがお一人ならば、さほどの問題にはならぬ。しかし、和子さまが複数おられたとき、かならず母方の血が問題となる。織田信長さまのご子息を見てもわかろう」

「信長さまの」

徳川家康の同盟者、いや兄として戦国の覇者の道を走りながら、家臣の謀叛で倒れた織田信長を、旗本たちは尊敬していた。対して、実質天下を統一した豊臣秀吉は嫌われていた。

「そうだ。信長さま次男信雄《のぶかつ》どのと三男信孝《のぶたか》どのよ。生まれたのは信孝どのが早かった。しかし、生母の身分が低すぎたことから、後から生まれた信雄どのを次男、信孝どのをその弟にしたという。これが織田家を潰《つぶ》す遠因となった」

「えっ……」

壮大な話に発展したことに、良衛は驚いた。

「信長さまが本能寺《ほんのうじ》で横死されたとき、嫡男信忠《のぶただ》どのもお供された。儂《わし》に言わせると、これも失策だ。もし、信忠どのが死なずに逃れられていれば、織田家は割れずにすんだだろう。いかん、話がそれたの。総領と当主が同時に亡くなった。普通ならば、すんなり次男が相続となる。しかし、信雄どのは名目だけの次男でしかない。当然、格を落とされた信孝どのや、その家臣たちはおもしろくあるまい。本来ならば、次男として新たな織田家当主になれたものをとな」

「わかりまする」

武家において当主とその兄弟は天と地ほどの差があった。いかに兄であろうと、当主でなければ、家臣でしかないのだ。理不尽に命を奪われても文句が言えない。それが臣というものであった。

良衛は理解していた。

「当然、信孝どの一統は、信雄どのに従わぬ。このままでは織田家が割れる。そこへ豊臣秀吉が、死した信忠どのの遺児を担ぎ出した。血筋は正統、そして信雄どの、信孝どののどちらにとっても、相手よりまし。こうして織田の家督は遺児にいき、その権力は遺児を担ぎ出した秀吉のものとなった。もし、信孝どのが、血筋正しき母から生まれていたら、織田家の家督は信孝どのであったろう。信長さまに似て武将としての才があったと言われる信孝どののものに。そうなれば、秀吉の出番はなかった」

「ううむう」

血筋の難しさに、良衛はうなった。

「もっとも、そうなっていたならば、徳川家の天下も成りたっておらぬがな」

たとえ話は終わりだと松平対馬守が言った。

「わかったであろう。側室となる女が誰でもよいというわけにはいかぬと」

「はい」

「では、どこから側室候補の女を出すか。それをするのが、中臈以上の局を持つ女中たちの仕事である。己の局に抱えている女中のなかから、出のよく見目麗しい女を、上様の側に差し出すのだ。もちろん、上様が手を出されるかどうかは、別の話だぞ」

松平対馬守が語った。

「ああ、お伝の方の出自が低いのが不思議だろう」

「はい」

すなおに良衛は認めた。

お伝の方は、侍身分でさえない黒鍬者の娘であった。

「これは上様がまだ館林におられたときゆえできたことだ。将軍でなかったからな」

「……………」

「わからぬか」

「お教えを」

良衛は願った。

「将軍は大奥以外の女を求められぬ。理由はわかるな」

「はい。将軍の血筋の正統を守るためでございましょう」

問われた良衛は答えた。

「そうだ。将軍が外で女を抱いたとして、その女が上様以外の男と閨《ねや》ごとをしていないという保証はない。つまり、胤《たね》が上様のものだと断言できぬ。上様以外の男が入れない大奥ならば、その心配はない」

松平対馬守が加えた。

「だが、将軍でなければ話は変わる。そして上様がお伝の方さまを見そめられたときは、まだ館林のお館《やかた》さまでしかなかった」

「と言われますと、お伝の方さまは、館林藩主だった上様が気に入られた女だと」

「そう聞こえなかったか」

「いえ」

良衛は飲みこんだ。

「将軍とは不便なものでございますな」

「ああ」

意味を読みとった松平対馬守が同意した。

「大奥以外の女はおらぬのだからな。我らのように、町でいい女を見ることさえできぬ」

「押しつけられる女で我慢するだけでなく……役に立たせねばならぬとは」

良衛は綱吉に同情した。

「下卑た話をするな」

松平対馬守がたしなめた。

「申しわけございませぬ」

興味本位になったのはまちがいない。良衛は頭を下げた。

「山科さまの局《つぼね》に伊賀者が忍んだ理由は、結局わからぬか」

「聞きだされては」

「断られたではないか」

先日黒書院控えで磯田に問いかけて拒まれた松平対馬守が苦い顔をした。

「石蕗が、山科さまの局の女中に懸想したとか」

「そんな甘い考えは捨てよ……石蕗というのか、怪我《けが》をした伊賀者は」

叱責しながら、松平対馬守は聞き逃さなかった。

「ここで話をしてもいたしかたないな。今日はここまでにする」

「はい」

ようやく解放されると良衛は喜んだ。

「しっかり探れ」

松平対馬守がきっちりと釘《くぎ》を刺した。

四

見事な天目茶碗《てんもくぢゃわん》を鑑賞しながら山科が、五月の報告を受けていた。

「ふむ。典薬頭の娘婿か」

山科が茶碗を置いた。

「できるだけ話を引き出そうといたしたのでございまするが……」

五月が申しわけなさそうな顔をした。

「まあよいわ。伊賀者は生きている。それはまちがいないの」

「はい」

「面倒だの。十六夜に命じて始末はできぬか」

「城の外まで出すのは無理かと」

五月が首を左右に振った。

「十六夜は、なんといったかの、女忍、く……」

「くのいちでございまする」

思い出せない山科に、五月が助け船を出した。

「そう、それじゃ。忍は化生の者という。姿くらい消せるのでは」

山科が述べた。

「さすがにそれは……」

五月が否定した。

「それよりも、この大奥は伊賀者の壁に囲まれておりまする。伊賀者も忍、しかも数が多うございまする。いかに十六夜が腕利きでも、一人では……」

「なんじゃ、意外と役に立たぬな」

あからさまに山科が嘆息した。

「しかし、あの伊賀者を生かしておくのは我慢がならぬ。妾《わらわ》を上から見下ろしたばかりでなく、ひそやかな楽しみを盗み見おって」

山科が憤った。

「…………」

五月が沈黙した。

「京からこの江戸へ呼び出され、三十年。京の風が恋しい、比叡《ひえい》の山の雪が見たい、鴨川《かもがわ》のせせらぎを聞きたい。それら望郷の思いを潰《つぶ》された代償として、得た金じゃ。

その金を奪おうなどと……」

「お方さま。お鎮まりを」

声の大きくなった山科を、五月が宥《なだ》めた。

「……ふう」

言われた山科が、天目茶碗に目を戻した。

「この肌の色、上薬の手触り、さすがは値五百両」

山科が茶碗をなでさすった。

「勘定方から申してきたのは、あの伊賀者が逃げた翌日であったか」

「二日目でございました」

問われた五月が答えた。

「あの日、伊賀者が見たのは、妾の貯めた金の一部」

「…………」

五月がふたたび黙った。

「それでさえ、勘定方から、局の費えを減らすと申してきおった。もちろん、蹴《け》ってやったがな」

上臈は表の老中に匹敵する格式を与えられている。勘定方からの一方的な通告は効力を持たなかった。

「とはいえ、これ以上の蓄財が見つかれば……」

「減額要求をあるていど受けねばなりませぬ」

頬《ほお》をゆがめる山科に、五月が言った。

「金でも貯めねば、このようなところで我慢ができるか。行く末さえ見てくれぬのだぞ」

「終生扶持米が支給されると……」

上臈が隠居すれば、二の丸あるいは桜田御用屋敷での余生が約束されていた。

「あのような端金《はしたがね》で、なにができる。小袖《こそで》さえ買えぬではないか」

扶持米は年数や出自で変動するが、せいぜい十人扶持くらいである。しかも女扶持なのだ。普通の一人扶持が一日玄米五合に比して、女扶持は半分しか与えられない。つまり、一日二升五合、一年でおよそ九石、精米の目減りもあり金にして八両少しにしかならない。生活はできても、とても贅沢《ぜいたく》のできる金額ではなかった。

「大奥を出されてからのことを自弁でしようと思えば、それ相応の金が要る」

「仰せのとおりでございまする」

五月が首肯した。

「妾は、十万石の格式を持つ上臈である。その格式を維持するには、どれだけかかるか。身の回りのことをする女中五人ほどと生活に使う費用、季節に応じて衣類も新調せねばならぬ。これらをあわせれば、どれほど少なく見積もっても、年数百両はなければたらぬ」

「…………」

金額の大きさに、五月が黙った。

中臈の手当は、生活にかかる細かい現物支給を除けば、切米二十石、合力金四十両である。合わせて年六十両ほどである。その数倍以上を山科は求めていた。

「大奥にいつまでおられるか、出されてから何年余生があるか。二十年あるとすれば、少なくとも四千両は欲しい。ああ、出されてからの屋敷を買わねばならぬゆえ、もう千両ほどは別に用意せねばならぬ」

「五千両……」

思わず五月が漏らした。

「少なすぎるか」

「……山科さまでは」

一瞬詰まったが五月は応じた。

「であろう。となれば、もうあと二千両ほどは貯めねばの」

山科が一人首を縦に振った。

「これ以上、勘定方より合力を減らされては困る。薪代、炭代、油代、扶持など、減らされては、妾の手元に残らぬではないか」

大奥の女中には、身分に応じて禄《ろく》以外に、生活必需品が支給されていた。上臈で、十人扶持、薪二十束、炭十五俵、湯之木二十束、有明油一樽《たる》、半夜灯明油一樽、五菜銀二百目などである。このうち扶持米は、局《つぼね》で使用する女中の食事用、湯之木は、風《ふ》呂《ろ》用の薪であり、五菜銀は味噌《みそ》と塩などの費用であった。ちなみに、これらは一月ごとの量である。

これらが、山科個人に渡される。かなりの量だが、これだけではすまなかった。山科は、己の局に属している中臈や右筆などの分もまとめて受け取っていた。そこから身分に応じて配給する形をとったのだ。すべてを合わせるとかなりの量になる。湯之木など山科が一番風呂に入った後に他の者が続けば、一々炊きなおすよりもかなり余らせることができる。味噌や塩でもそうだ。味付けを薄くしてしまえば、浮く。他も同様であった。集中して使用すれば、別々に使うよりも消費が抑えられるのは自明の理である。こうして浮かしたものを山科は、売りさばくことで金を手にしていた。

「五十石、合力金六十両という薄禄で嫁にもいかず、武蔵の片田舎まで来てやっているのだ。それくらいの余得があってしかるべきであろう」

「…………」

同意できなかったのか、五月はなにも言わなかった。

「それよりも須磨屋《すま》に言うほうが早いか」

「お方さま、先日も小袖の代金を申しつけたばかりでございまするが……」

五月がおずおずと口にした。

「たかが二百両ではないか。妾の力添えで大奥出入りの看板を得たのだ。安いものであろう。聞けば、須磨屋の商いは、一年で一万両をこえるというではないか。一年で千両ほどなら妾に上納してよかろう」

「千両……」

金額に五月が絶句した。

「そうじゃ、名案だの。これ右筆、右筆はおらぬか」

一人で納得した山科が手を叩《たた》いた。

「お呼びでございまするか」

すぐに上段の間の襖《ふすま》を開けて、右筆が顔を出した。

「須磨屋へ手紙を書く。用意をいたせ」

「ただちに」

うなずいた右筆が、部屋の隅に片づけられていた文机《ふづくえ》を出し、墨を擦り始めた。

「お方さま……」

もう一度五月がいさめようと呼びかけた。

「五月。そなたは伊賀者の対処だけをしておれ。そうじゃ、今宵《こよい》夕餉《ゆうげ》の後、十六夜を妾《わらわ》のもとへ寄こせ。直接命じるでな」

「十六夜は目見えできぬ……」

「黙れ。妾の言うことが聞けぬと」

「いいえ」

五月がうなだれた。

「もうよい、行け」

冷たく山科が手を振った。

「……失礼をいたしまする」

退出を命じられては、どうしようもない。一礼して五月は上段の間を後にした。

「なにか」

「融通の利かぬ」

準備していた右筆が、山科の声に反応した。

「いや。よいか」

「はい」

右筆が巻紙と筆を手にした。

「口外無用ぞ。もし、漏れたら……そなただけでなく、実家《さと》ごと消し去ってくれるぞ」

上臈ともなれば、旗本の一つや二つ潰《つぶ》すのは容易であった。

「……誓って」

脅しをかける山科に、震えながら右筆が首を縦に大きく振った。

須磨屋喜兵衛《きへえ》は、浜町《はまちょう》で小間物を手広く商っていた。もとは上方の出で、伝手《つて》のある京から仕入れる櫛《くし》や簪《かんざし》、白粉《おしろい》、紅などを扱い、得意先も多く手堅い商いをしていた。それを変えたのが、二代目であった。

初代である父の死を受けて二代目須磨屋喜兵衛は、より一層店を大きくしたいと考え、京の手づるを頼って、大奥上臈山科と繫《つな》がった。

山科へかなりの金額を賄《まいない》として渡したことで、須磨屋は大奥出入りの看板を手にできた。

大奥出入り、この看板は大きい。庶民は、将軍の抱える美女が一堂に会するところだと大奥を認識している。天下でもっとも強い将軍の後宮である。そこにいる女こそ、天下一の美人、大奥は庶民のあこがれであった。

その大奥女中たちの使用している紅や白粉となれば、使えば美しくなると思いこむのも無理のないことである。

こうして須磨屋は、江戸中の女の人気を集めた。

「紅を見せておくれな」

「それでございましたら、こちらはいかがでしょう。これは三日前に大奥へ納めさせていただいたばかりのもので、店頭に並べさせていただいたのは本日が初めてでございまして。江戸中でこの紅をお使いのお方は、まだおられませぬ」

入ってきた玄人《くろうと》筋の雰囲気を持つ女に、手代が対応した。

「初かい。それは是非とも買わなきゃいけないね。いくらだい」

「小皿一枚二百文ちょうだいいたしております」

「高いね。普通の倍じゃないか」

女が驚いた。

紅は小皿に塗った状態で取引された。小皿で乾燥した紅は濡《ぬ》れた紅筆で溶き、使用する。

「それだけの材料を使用しておりますので」

口紅の材料である紅花は、同じだけの重さの金と交換されるほど高価であった。

「保《も》ちはいいんだろうね」

「申しあげるまでもございませぬ。朝一筆いただければ、三日は唇が赤いままでございまする」

「…………」

それでも高い。女はためらった。

「杯に鮮やかな紅を移せば、お喜びになられるのではございませんか」

白い杯で酒を飲めば、紅がつく。その杯を男に渡すのも、玄人筋の女の手管であった。

「そうだねえ。もらおうか」

「ありがとうぞんじまする」

買うと言った女に手代が頭をさげた。

「よく出ているようだね」

その様子を須磨屋喜兵衛が満足げな顔で見ていた。

「はい。紅の売り上げは三倍になっておりまする」

「そうかい。でも三倍ではちときついね。五倍はないと山科さまへ送らせていただいた小袖《こそで》の代金がでない。三月以内に取り戻したいのだが」

須磨屋喜兵衛が表情を厳しくした。

「同時に白粉も売るように指導しておきなさい。紅が映える白と言ってね」

「さすが旦那《だんな》さま」

番頭が感心した。

「旦那さま。お手紙でございまする」

そこへ小僧が文箱を手に近づいた。

「黒漆に萩《はぎ》散らしは山科さまからの……また金の無心か」

露骨に須磨屋喜兵衛が頬《ほお》をゆがめた。

「貸せ」

小僧から奪うようにして文箱を取りあげ、須磨屋喜兵衛は手紙を開いた。

「…………」

「旦那さま」

動かない須磨屋喜兵衛へ、番頭が気遣わしげな声をかけた。

「ふふふふ」

須磨屋喜兵衛が笑いだした。

「……旦那さま」

番頭があわてた。

「おいくらを」

「ああ、心配しないでいいよ。金額が大きくて気が触れたわけではないからね」

落ち着いた声音で須磨屋喜兵衛が述べた。

「それはよろしゅうございましたが、ではなぜ……」

「笑ったかというのかい。これが笑わずにいられるかね。大奥上臈でございい、十万石の格式、表の老中に匹敵するなどと言ったところで、世間知らずの女には違いないねえ」

楽しそうに須磨屋喜兵衛が語った。

「お伺いしても」

「ああ。ただ、ここではなんだからね。奥へ行こう」

須磨屋喜兵衛が腰を上げた。

「へい。安之介《やすのすけ》、旦那さまと奥へ行っているから、店はしばし任せましたよ」

手代に命じて、番頭が須磨屋喜兵衛の後に続いた。

「読みなさい」

奥の居間へ入った須磨屋喜兵衛が、手紙を番頭に渡した。

「拝見を」

受け取って番頭が手紙に目を落とした。

「…………」

番頭が息を呑《の》んだ。

「これは、人殺しの依頼ではございませぬか」

「そうだ」

飄々《ひょうひょう》と須磨屋喜兵衛は応じた。

「このようなもの、お断りを」

「できるか」

「……つっ」

冷静に返されて、番頭が詰まった。

「断ることはできよう。ただし、断れば大奥出入りは奪われるぞ」

「……それは」

須磨屋の隆盛は、山科の手助けによる。大奥出入り、上臈御用達という名前があるから、江戸中の女が商品を求めて集まってくるのだ。

「京へ、小間物を大量に注文したばかりだ」

「紅花の取引も昨日かわしまして……」

須磨屋喜兵衛の言葉に、番頭も続いた。

「支払金額は両方で四千両をこえる。もし、大奥出入りの看板を失い、客が来なくなったら、これらは売れぬぞ」

「店が潰れまする」

身代からいけば四千両が五千両でも問題はなかった。ただし、これは今までどおり客が来ればとの前提があってなりたつ話である。莫大《ばくだい》な仕入れをした後、売り上げが激減してしまえば、よほど体力のある店でも維持は難しい。

「我らは山科さまに食いこんで生きている虱《しらみ》のようなものだ」

「それはさようでございますが……」

「虱はいつ潰《つぶ》されても文句が言えぬ。寄生しているのだからな。相手にしてみれば、交渉せず、一方的に押しつければすむ。今まではそうだった。金が要ると言えば金を、小袖の代金を立て替えろと言われたら、呉服屋に支払う。こうして、須磨屋は生きてきた。そして、それは山科さまが引退するまで続くはずだった。それが、ここで変わった」

「…………」

なにがと番頭が首をかしげた。

「わからないかい。この手紙だ。山科さまの名前が入った伊賀者殺しの依頼書だぞ。伊賀者は御上の役人だ。その役人を恣意《しい》で殺せば、いかに上臈とて無事にはすむまい」

「この手紙を証として、山科さまに対抗すると」

「そうだ。出入りを差し止めると言われたら、この手紙をお目付さまに出すと言えばいい」

「もし、かまわないと言われればどうなりまする。山科さまは上臈、わたくしどもは商人。お目付さまがどうなさるかなど……」

番頭が危惧《きぐ》した。

「できるわけない。山科さまにそのような肚《はら》はないよ。あるなら、最初から手紙なんぞよこさない。証拠だよ、これは。偽物と言い張ったところで、一度表に出てしまえば、なにもなしではすまない。大奥は上様と御台所さまのおられるところ。そこに人殺しかも知れない女がいられるはずはない。追い出すくらいの理由ならいくらでも後付けできる」

自信をもって須磨屋喜兵衛がしゃべった。

「これは、山科さまをこの須磨屋喜兵衛と同格にしてくれる」

須磨屋喜兵衛が手紙を番頭から取り戻した。

「ですが、人殺しなどとんでもないことで」

番頭の顔色は白いままであった。

「いつ儂《わし》がやるといった」

「……えっ」

言われた番頭が間の抜けた顔をした。

「まさか、わたくしに。そのような恐ろしいまねを……」

「馬鹿者が。蠅《はえ》一つ叩《たた》けぬそなたに伊賀者が殺せるわけなかろうが」

気を回して脅える番頭に、須磨屋喜兵衛があきれた。

「……では、どうなさるおつもりで」

ほっと肩の力を抜いて、番頭が問うた。

「この世のなかには、金でなんでもしてくれる連中がいる」

須磨屋喜兵衛が口の端をゆがめた。

「どうやって、そんな連中と」

「泉水《せんすい》の親分を呼んできなさい」

「御用聞きの……」

番頭が啞然《あぜん》とした。

どこの商家でも、奉公人の不始末や客とのもめ事をおさめるため、町奉行所から十手取り縄を与えられている御用聞きとつきあいがあった。

「御用聞きほど闇をよく知るものはいないよ。故買屋《こばいや》や女衒《ぜげん》などとつきあいがなければ、務まらないからねえ」

故買屋は、盗品などの訳ありの品を買い取る商売であり、女衒は妓《ぎ》になる女を手配するのが仕事である。どちらも、世間に背を向けて生きている闇の住人であった。

「……へい」

主の顔色を窺《うかが》い、その決心が固いと悟った番頭が承諾した。

少し待つだけで、御用聞きが須磨屋へ顔を出した。

「旦那《だんな》、御用でござんすか」

「これは泉水の親方、お忙しいところをお呼び立てしまして」

にこやかに須磨屋喜兵衛が迎えた。

「いえ。旦那のお声がかかれば、この泉水の五郎次郎《ごろうじろう》いつでも喜んで参りやす。なんでもおっしゃってください」

五郎次郎が胸を叩いた。

「ありがたいね。まあ、これを納めておくれ」

懐から用意していた紙包みを取り出した。

「これはすいやせん……こんなに」

紙包みから出てきた数枚の小判に五郎次郎が目を剝《む》いた。

「遠慮なく受け取っておくれな」

須磨屋喜兵衛がうなずいた。

「……なんでございやしょう」

思わぬ大金に五郎次郎がことの重さを悟ったのか、声をひそめた。

「人を紹介してもらいたいのだよ」

「……誰を」

「殺しを請け負ってくれるお方を」

「…………」

五郎次郎が沈黙した。

「どうだ」

「旦那、あっしが御上の手札を預かっているとわかって……」

「だからこそ、そういう連中に詳しいだろう」

じっと須磨屋喜兵衛が五郎次郎を見た。

「……相手は町屋の者で」

「いいや、御家人だよ」

須磨屋喜兵衛が答えた。

「御家人……腕はたちやすか」

「たつだろうね」

「ふうむ」

五郎次郎が悩んだ。

「…………」

急《せ》かさず須磨屋喜兵衛は待った。

「金がかかりやすよ」

「承知のうえ」

須磨屋喜兵衛が首を縦に振った。

「二、三日いただきやす」

「頼みますよ。うまく話がまとまれば、相応のお礼はさせてもらう」

「ありがとうございます。それより、あっしが仲立ちをしましょうか。旦那の名前が出るのはよろしくございませんでしょう」

「そうしてもらえるとうれしいね」

五郎次郎の申し出に、須磨屋喜兵衛が喜んだ。

「では、今日のところはこれで」

「よろしくお願いしますよ」

帰っていく五郎次郎を、須磨屋喜兵衛が見送った。

五

入浴と夕餉《ゆうげ》をすませた山科は、寝酒を一人嗜《たしな》んでいた。

「お方さま。十六夜が参りました」

五月が上段の間の襖《ふすま》ごしに声をかけた。

「うむ。入れ。他の者は遠慮いたせよ」

山科が告げた。

「…………」

悔しそうな顔で五月が十六夜を見た。

「無礼は許さぬぞ。身分をわきまえろ」

「承知いたしております る」

首肯して十六夜が、上段の間へと入った。

「閉めよ」

山科の指示で、襖が閉じられた。

「近《ちこ》う寄れ」

「ご無礼を」

十六夜が山科の真正面まで膝行《しっこう》した。

「耳や目はないな」

「気配はございませぬ」

確認する山科に、十六夜が保証した。

「お方さま」

「どうした」

十六夜がなにか言いたげなのに気づいた山科が発言を許した。

「わたくしめの周りを嗅《か》ぎ回っておる者がおりまする」

「そなたの……誰じゃ」

「御台所さまの館《やかた》に属する別式女どもで」

問われた十六夜が告げた。

「気づかれたか……」

「おそらく」

山科の言葉に十六夜が同意した。

「まずいの。我らの任に差し障りが出る」

「はい」

「武家の支配はいたしかたなくとも、朝廷の権威をおろそかにしてはならぬ。平　清盛《たいらのきよもり》を取りこみ、鎌倉の幕府へは宮将軍を送りこんだ。室町は京にあったゆえに骨抜きとされ、豊臣は滅ぼした。武家の天下、そのすべてを朝廷が後ろから操っていた。今の徳川幕府もそうすべく、将軍の御台所は五摂家以上から出してきた。しかし、三代家光は御台所鷹司孝子《たかこ》さまを抱かず、四代家綱は浅宮顕子さまとの間に子を作れなかった」

「家綱さまと顕子さまの間に和子さまさえお生まれであれば……」

十六夜も残念そうな顔をした。

「朝廷の血を引く将軍が誕生し、朝幕一体がなった。しかし、顕子さまの死でそれも叶《かな》わぬ夢となった。朝幕和睦《わぼく》の唯一の手段が潰えた。やむなく、我らは家綱の側室たちが懐妊せぬよう、しても流すようにし、跡継ぎをなくした幕府に鎌倉の故事に倣うとして宮将軍を擁立させようとした。宮将軍を立てれば、老中たちが政《まつりごと》を壟断《ろうだん》できる。その誘いに酒井雅楽頭らは乗った。だが、それも春日局の養子堀田筑前守によって阻まれた」

「後一歩でございました」

「病に伏した家綱を大奥で療養させておけば、堀田筑前守が老中であろうが、綱吉が弟であろうが、会わさずにすんだものを。酒井雅楽頭を信じた妾《わらわ》の失敗じゃ」

金の話をしているときとは別人のような厳しい表情を山科はしていた。

「なすすべもなく宮将軍擁立は消え、綱吉が五代将軍としてきた。それはやむを得ぬ」

「はい」

「綱吉の正室は、鷹司家の出だが、すでに二人の間に閨《ねや》ごとはない。朝廷の血を引く和子の誕生は望めぬ。どころか、伝の産んだ子を西の丸へ入れ世継ぎとした」

「それは、わたくしが」

「うむ。そなたの活躍で伝の子は亡き者にできた。あとは、二度と綱吉の子を孕《はら》む女が出ぬようにするだけ。そして今度こそ宮将軍を迎えさせねばならぬ」

山科が宣言をした。

「ではございまするが、もう酒井雅楽頭はおりませぬ」

山科に協力していた大老酒井雅楽頭忠清は、綱吉が将軍となった翌年に死んでいた。

「あらたな味方を、それも執政をまとめられるような者を、作らねばならぬ」

「そのような者がおりましょうや。今の老中たちは信用なりませぬ。宮将軍成立に賛成しておきながら、綱吉が将軍になるや、手のひらを返すような輩でございまする」

十六夜が吐き捨てるように言った。

「一度牙《きば》折られた者など、端《はな》からあてにしておらぬ」

冷たく山科が切り捨てた。

「では、どなたを」

「酒井雅楽頭の嫡男、河内守忠挙《かわちのかみただたか》はどうだ。父を失脚させられただけでなく、己まで逼塞《ひっそく》を命じられている。逼塞は解け、今は奏者番と寺社奉行を兼任しているとはいえ、大老の跡継ぎとしては不足。その不満を利用できよう」

「さすがはご慧眼《けいがん》」

「徳川にとって格別な家柄の酒井家だ。道筋だけつけてやればあとは勝手に執政まであがってこよう」

賞賛に山科が頰《ほお》を緩めた。

「道筋を作ると仰せでございまするが……」

「そのための金よ。五千両も撒《ま》けば、酒井家を引きあげられる。吝嗇《けち》に見せかけて貯めた金の出番だな」

「……お方さま」

「妾の悪名なぞ、どうでもよい。京には人も金もない。なればこそ、できる者がするしかないのだ。十六夜、そなた河内守と繫《つな》がれ」

「承知致しましてございまする」

山科の指図に、十六夜が首肯した。

「一応、伊賀者の目をそらす手は打ってあるが、忍び出るようなまねをして気づかれては面倒だ」

「では、宿下がりをさせていただきまする」

十六夜が述べた。

目見え以上は終生奉公で、よほどのことがない限り宿下がりは認められないが、火の番は目見え以下であるため、理由さえ調えば大奥を出るのは簡単であった。

「しばし、お局《つぼね》の警固が薄くなりまするが」

「よい。なにもせぬ。いつものように吝嗇な女を演じておこう」

十六夜の懸念に、山科が笑った。

「おそれいりまする。できるだけ早く戻りまする」

「頼んだぞ。千年の京を守るためだ。力がないために武家に搾取され、食うや食わずの日を送っている公家衆を救えるのは、そなたたち八瀬の衆だけぞ」

「心いたしまする」

深く頭を下げて、十六夜が決意を見せた。

弟子入りした吉沢竹之介は、良衛が留守の間、その蔵書を読んでいた。

「漢方とはまったく違う」

沢野忠庵が記した『南蛮流外科秘伝書』をひもときながら、吉沢が声を漏らした。

「これが正しいのか。それとも師の申される漢方が……我が師の教えを疑うわけにはいかぬ」

吉沢が首を左右に振った。

「心の臓の位置は同じだが、五臓六腑《ござうろっぷ》ではないとある。なにより、肉の付き方が違う」

骨を動かす肉にまでていねいな解説を加えてある『南蛮流外科秘伝書』に吉沢が嘆息した。

「ずっと矢切の留守中に調べているが、それほどの高貴薬があるわけではない」

ちらと吉沢が薬箪笥《だんす》の鍵《かぎ》がかかった引き出しを見た。

「宝水……。あれだけ痛みに呻《うめ》いていた味噌《みそ》屋の新造があっさりと眠りについた。漢方で同じことは難しい」

そっと吉沢が薬箪笥に近づいた。

「正式な名称がなんだったか、一度では覚えきれなかった南蛮渡りの高貴薬、とはいえ現物があれば内匠頭さまならば、同じものを手配されるなど容易。南蛮渡来の妙薬を使って、上様の病を癒されたなら、内匠頭さまが今大路を凌駕《りょうが》されるのはまちがいない。上様は厳しいお方だ。いつ、典薬頭は二つも要らぬと言い出されるかわからぬ。そうなっても、この薬さえあれば、我が師半井内匠頭さまは安泰じゃ。南蛮渡来の怪しげな外科術を扱う男を婿に迎え、その技をもってのし上がろうとする今大路を抑える材料を探せとの命を受けて、矢切へ弟子入りしたが、これほど早くに功名を立てられるとは……」

吉沢が簞笥に手をかけた。

「……固い。開かぬ。これさえ師のもとへ持っていけば、他の兄弟子たちを抜いて次の表御番医師は吾《われ》のものだ」

力を入れたが、屋敷造りつけになっている薬簞笥はびくともしなかった。

「鍵がないとだめか。やむを得ぬ。なんとか鍵を手に入れて、師のもとから独立するぞ。もう、下働きをさせられるのはご免だ」

吉沢が宣した。

本書は書き下ろしです。

表御番医師診療禄《おもてごばんいししんりようろく》4
悪血《おけつ》
上田秀人《うえだひでと》

平成26年 8月25日　初版発行
令和7年 4月15日　7版発行

発行者●山下直久

発行●株式会社KADOKAWA
〒102-8177　東京都千代田区富士見2-13-3
電話　0570-002-301（ナビダイヤル）

角川文庫 18704

印刷所●株式会社KADOKAWA
製本所●株式会社KADOKAWA

表紙画●和田三造

ISBN978-4-04-101475-2　C0193

◆◇◇

角川文庫発刊に際して

角 川 源 義

第二次世界大戦の敗北は、軍事力の敗北であった以上に、私たちの若い文化力の敗退であった。私たちの文化が戦争に対して如何に無力であり、単なるあだ花に過ぎなかったかを、私たちは身を以て体験し痛感した。西洋近代文化の摂取にとって、明治以後八十年の歳月は決して短かすぎたとは言えない。にもかかわらず、近代文化の伝統を確立し、自由な批判と柔軟な良識に富む文化層として自らを形成することに私たちは失敗して来た。そしてこれは、各層への文化の普及滲透を任務とする出版人の責任でもあった。

一九四五年以来、私たちは再び振出しに戻り、第一歩から踏み出すことを余儀なくされた。これは大きな不幸ではあるが、反面、これまでの混沌・未熟・歪曲の中にあった我が国の文化に秩序と確たる基礎を齎らすためには絶好の機会でもある。角川書店は、このような祖国の文化的危機にあたり、微力をも顧みず再建の礎石たるべき抱負と決意とをもって出発したが、ここに創立以来の念願を果すべく角川文庫を発刊する。これまで刊行されたあらゆる全集叢書文庫類の長所と短所とを検討し、古今東西の不朽の典籍を、良心的編集のもとに、廉価に、そして書架にふさわしい美本として、多くのひとびとに提供しようとする。しかし私たちは徒らに百科全書的な知識のジレッタントを作ることを目的とせず、あくまで祖国の文化に秩序と再建への道を示し、この文庫を角川書店の栄ある事業として、今後永久に継続発展せしめ、学芸と教養との殿堂として大成せんことを期したい。多くの読書子の愛情ある忠言と支持とによって、この希望と抱負とを完遂せしめられんことを願う。

一九四九年五月三日

角川文庫ベストセラー

切開　表御番医師診療録1　上田秀人

表御番医師として江戸城下で診療を務める矢切良衛。ある日、大老堀田筑前守正俊が若年寄に殺傷される事件が起こり、不審を抱いた良衛は、大目付の松平対馬守と共に解決に乗り出すが……。

縫合　表御番医師診療録2　上田秀人

表御番医師の矢切良衛は、大老堀田筑前守正俊が斬殺された事件に不審を抱き、真相解明に乗り出すも何者かに襲われてしまう。やがて事件の裏に隠された陰謀が明らかになり……。時代小説シリーズ第二弾！

解毒　表御番医師診療録3　上田秀人

五代将軍綱吉の膳に毒を盛られるも、未遂に終わる。表御番医師の矢切良衛は事件解決に乗り出すが、それを阻むべく良衛は何者かに襲われてしまう……。書き下ろし時代小説シリーズ、第三弾！

悪血　表御番医師診療録4　上田秀人

御広敷に務める伊賀者が大奥で何者かに襲われた。表御番医師の矢切良衛は将軍綱吉から命じられ江戸城中から御広敷に異動し、真相解明のため大奥に乗り込んでいく……書き下ろし時代小説シリーズ、第4弾！

摘出　表御番医師診療録5　上田秀人

将軍綱吉の命により、表御番医師から御広敷番医師に職務を移した矢切良衛は、御広敷伊賀者を襲った者を探るため、大奥での診療を装い、将軍の側室である伝の方へ接触するが……書き下ろし時代小説第5弾。

角川文庫ベストセラー

往診　表御番医師診療禄6　上田秀人

大奥での騒動を収束させた矢切良衛は、御広敷番医師から、寄合医師へと出世した。将軍綱吉から褒美として医術遊学を許された良衛は、一路長崎へと向かう。だが、良衛に次々と刺客が襲いかかる——。

研鑽　表御番医師診療禄7　上田秀人

医術遊学の目的地、長崎へたどり着いた寄合医師の矢切良衛。最新の医術に胸を膨らませる良衛だったが、出島で待ち受けていたものとは？　良衛をつけ狙う怪しい人影。そして江戸からも新たな刺客が……。

乱用　表御番医師診療禄8　上田秀人

長崎へ最新医術の修得にやってきた寄合医師の矢切良衛の許に、遊女屋の女将が駆け込んできた。浪人たちが良衛の命を狙っているという。一方、お伝の方は、近年の不妊の疑念を将軍綱吉に告げるが……。

秘薬　表御番医師診療禄9　上田秀人

長崎での医術遊学から戻った寄合医師の矢切良衛は、江戸での診療を再開した。だが、南蛮の最新産科術を期待されている良衛は、将軍から大奥の担当医を命じられるのだった。南蛮の秘術を巡り良衛に危機が迫る。

宿痾　表御番医師診療禄10　上田秀人

御広敷番医師の矢切良衛は、将軍の寵姫であるお伝の方を懐妊に導くべく、大奥に通う日々を送っていた。だが、良衛が会得したとされる南蛮の秘術を奪おうと、彼の大切な人へ魔手が忍び寄るのだった。

角川文庫ベストセラー

埋伏 表御番医師診療録11　上田秀人

御広敷番医師の矢切良衛は、大奥の御膳所の仲居の腹痛に不審なものを感じる。上様の料理に携わる者の不調は、大事になりかねないからだ。将軍の食事を調べるべく、奔走する良衛は、驚愕の事実を掴むが……。

根源 表御番医師診療録12　上田秀人

御広敷番医師の矢切良衛は、将軍綱吉の命を永年狙ってきた敵の正体に辿りついた。だが、周到に計画され、怨念ともいう意志を数代にわたり引き継いできた敵。真相にせまった良衛に、敵の魔手が迫る！

不治 表御番医師診療録13　上田秀人

将軍綱吉の血を絶やさんとする恐るべき敵にたどり着いた、御広敷番医師の矢切良衛。だが敵も、良衛を消そうと、最後の戦いを挑んできた。ついに明らかになる恐るべき陰謀の根源。最後に勝つのは誰なのか。

跡継 高家表裏譚1　上田秀人

幕府と朝廷の礼法を司る「高家」に生まれた吉良三郎義央（後の上野介）は、13歳になり、吉良家の跡継ぎとして将軍にお目通りを願い出た。三郎は無事跡継ぎとして認められたが、大名たちに不穏な動きが――。

密使 高家表裏譚2　上田秀人

幕府と朝廷の礼法を司る「高家」に生まれた吉良三郎義央は、名門吉良家の跡取りとして、見習いの役目を果たすべく父に付いて登城するようになった。だが、そんな吉良家に突如朝廷側からの訪問者が現れる。

角川文庫ベストセラー

高家表裏譚3
結盟
上田秀人

幕府と朝廷の礼法を司る「高家」に生まれた吉良三郎義央は、名門吉良家の跡取りながら、まだ見習いの身分。だが、お忍びで江戸に来た近衛基熙の命を救ったことにより、朝廷から思わぬお礼を受けるが――。

武士の職分
江戸役人物語
上田秀人

表御番医師、奥右筆、目付、小納戸など大人気シリーズの役人たちが躍動する渾身の文庫書き下ろし。「出世の重み、宮仕えの辛さ。役人たちの日々を題材とした、新しい小説に挑みました」――上田秀人

人斬り半次郎（幕末編）
池波正太郎

姓は中村、鹿児島城下の藩士に〈唐芋〉とさげすまれる貧乏郷士の出ながら剣は示現流の名手、精気溢れる美丈夫で、性剛直。西郷隆盛に見込まれ、国事に奔走するが……。

人斬り半次郎（賊将編）
池波正太郎

中村半次郎、改名して桐野利秋。日本初代の陸軍大将として得意の日々を送るが、征韓論をめぐって新政府は二つに分かれ、西郷は鹿児島に下った。その後を追う桐野。刻々と迫る西南戦争の危機……。

にっぽん怪盗伝 新装版
池波正太郎

火付盗賊改方の頭に就任した長谷川平蔵は、迷うことなく捕らえた強盗団に断罪を下した！　その深い理由とは？「鬼平」外伝ともいうべきロングセラー捕物帳全12編が、文字が大きく読みやすい新装改版で登場。

角川文庫ベストセラー

近藤勇白書　池波正太郎

池田屋事件をはじめ、油小路の死闘、鳥羽伏見の戦いなど、「誠」の旗の下に結集した幕末新選組の活躍の跡を克明にたどりながら、局長近藤勇の熱血と豊かな人間味を描く痛快小説。

戦国幻想曲　池波正太郎

〝汝は天下にきこえた大名に仕えよ〟との父の遺言を胸に、渡辺勘兵衛は槍術の腕を磨いた。戦国の世に「槍の勘兵衛」として知られながら、変転の生涯を送った一武将の夢と挫折を描く。

夜の戦士 (上)(下)　池波正太郎

塚原卜伝の指南を受けた青年忍者丸子笹之助は、武田信玄に仕官した。信玄暗殺の密命を受けていた。だが信玄の器量と人格に心服した笹之助は、信玄のために身命を賭そうと心に誓う。

仇討ち　池波正太郎

夏目半介は四十八歳になっていた。父の仇笠原孫七郎を追って三十年。今は娼家のお君に溺れる日々……仇討ちの非人間性とそれに翻弄される人間の運命を鮮やかに浮き彫りにする。

江戸の暗黒街　池波正太郎

小平次は恐ろしい力で首をしめあげ、すばやく短刀で心の臓を一突きに刺し通した。男は江戸の暗黒街でならす闇の殺し屋だったが……江戸の闇に生きる男女の哀しい運命のあやを描いた傑作集。

角川文庫ベストセラー

西郷隆盛　池波正太郎

近代日本の夜明けを告げる激動の時代、明治維新に偉大な役割を果たした西郷隆盛。その半世紀の足取りを克明に追った伝記小説であるとともに、西郷を通して描かれた幕末維新史としても読みごたえ十分の力作。

炎の武士　池波正太郎

戦国の世、各地に群雄が割拠し天下をとろうと争っていた。三河の国長篠城は武田勝頼の軍勢一万七千に包囲され、ありの這い出るすきもなかった……悲劇の武士の劇的な生きざまを描く。

卜伝最後の旅　池波正太郎

諸国の剣客との数々の真剣試合に勝利をおさめた剣豪塚原卜伝。武田信玄の招きを受けて甲斐の国を訪れたのは七十一歳の老境に達した春だった。多種多彩な人間を取りあげた時代小説。

戦国と幕末　池波正太郎

戦国時代の最後を飾る数々の英雄、忠臣蔵で末代まで名を残した赤穂義士、男伊達を誇る幡随院長兵衛、そして幕末のアンチ・ヒーロー土方歳三、永倉新八など、ユニークな史観で転換期の男たちの生き方を描く。

賊将　池波正太郎

西南戦争に散った快男児〈人斬り半次郎〉こと桐野利秋を描く表題作ほか、応仁の乱に何ら力を発揮できない足利義政の苦悩を描く「応仁の乱」など、直木賞受賞直前の力作を収録した珠玉短編集。

角川文庫ベストセラー

闇の狩人（上）（下）　池波正太郎

盗賊の小頭・弥平次は、記憶喪失の浪人・谷川弥太郎を刺客から救う。時は過ぎ、江戸で弥太郎と再会した弥平次は、彼の身を案じ、失った過去を探ろうとする。しかし、二人にはさらなる刺客の魔の手が……。

忍者丹波大介　池波正太郎

関ヶ原の合戦で徳川方が勝利をおさめると、激変する時代の波のなかで、信義をモットーにしていた甲賀忍者のありかたも変質していく。丹波大介は甲賀を捨て一匹狼となり、黒い刃と闘うが……。

侠客（上）（下）　池波正太郎

江戸の人望を一身に集める長兵衛は、「町奴」として、つねに「旗本奴」との熾烈な争いの矢面に立っていた。そして、親友の旗本・水野十郎左衛門とも互いは心で通じながらも、対決を迫られることに――。

西郷隆盛　新装版　池波正太郎

薩摩の下級藩士の家に生まれ、幾多の苦難に見舞われながら幕末・維新を駆け抜けた西郷隆盛。歴史時代小説の名匠が、西郷の足どりを克明にたどり、維新史までを描破した力作。

流想十郎蝴蝶剣　鳥羽亮

花見の帰り、品川宿近くで武士団に襲われた姫君一行を救った流想十郎。行きがかりから護衛を引き受け、小藩の抗争に巻き込まれる。出生の秘密を背負い無敵の剣を振るう、流想十郎シリーズ第1弾、書き下ろし！

角川文庫ベストセラー

角川文庫ベストセラー

七人の手練
たそがれ横丁騒動記㈠
鳥羽　亮

年配者が多く〈たそがれ横丁〉とも呼ばれる浅草田原町の紅屋横丁では、難事があると福山泉八郎ら七人が協力して解決し平和を守っている。ある日、横丁の店主に次々と強引な買収話を持ちかける輩が現れて……。

天狗騒動
たそがれ横丁騒動記㈡
鳥羽　亮

浅草で女児が天狗に拐かされる事件が相次ぎたそがれ横丁の下駄屋の娘も攫われた。福山泉八郎ら横丁の面々は天狗に扮した人攫い一味の仕業とみて探索を開始。一味の軽業師を捕らえ組織の全容を暴こうとする。

守勢の太刀
たそがれ横丁騒動記㈢
鳥羽　亮

浅草田原町〈たそがれ横丁〉の長屋に独居し、武士に生まれながら物を売って暮らす阿久津弥十郎。ある日三人の武士に襲われた女人を助けるが、それをきっかけに横丁の面々と共に思わぬ陰謀に巻き込まれ……？

いのち売り候
銭神剣法無頼流
鳥羽　亮

銭神刀三郎は剣術道場の若師匠。専ら刀で斬り合う命懸けの仕事「命屋」で糊口を凌いでいる。旗本の家士と相対死した娘の死に疑問を抱いた父親からの依頼を受け、刀三郎は娘の奉公先の旗本・佐々木家を探り始める。

我が剣は変幻に候
銭神剣法無頼流
鳥羽　亮

日本橋の両替商に押し入った賊は、全身黒ずくめで奇妙な頭巾を被っていた。みみずく党と呼ばれる賊は、町方をも襲う凶暴な連中。依頼のために命を売る剣客の銭神刀三郎は、変幻自在の剣で悪に立ち向かう。